御庭番宰領4

大久保智弘

時代小説
二見時代小説文庫

目次

序 7
笹濁り 13
死微笑 61
無宿人狩り 109
影同心 155
女人哀歌 191
有情《うじょう》の剣 239

秘花伝——御庭番宰領4

序

足許には激流が渦を巻いている。

一歩でも踏み外せば、土砂混じりの濁流に呑み込まれそうな危うい崖っ淵で、男たちの死闘が続けられていた。

斬り合いはおよそ半刻に及んだ。たがいに互角の腕であったからというよりも、豪雨をともなう嵐の激しさが、いたずらに勝負を長引かせたのだ。

あたりの風景は闇の底に沈んでいた。

すでに夜が始まっているのか、あるいは豪雨をともなう暗雲が、天空の光を遮《さえぎ》っているからなのか、命懸けで闘っている男たちの姿は、闇に溶け込んで見定めることができない。

剣を抜いて睨《にら》み合っている男たちの頭上に、大粒の豪雨が瀧のように落ちてくる。

吹きすさぶ烈風は、枯れた草、折れた枝葉を、容赦なく宙に飛ばした。

漆黒の空に、しばし鋭い雷光が走る。

恐ろしいうなりをあげて、勢い鋭く襲いかかってくる激流が、みるみるうちに岸辺の潅木《かんぼく》をなぎ倒してゆく。

たがいに相手の隙を窺《うかが》っている二人は、凄まじい豪雨をものともせず、無言のまま剣を構えている。

激しい風雨の中に立つ男たちは、髪も衣裳もおどろに乱れて、その姿は幽鬼のようにしか見えなかった。

元結《もとゆ》いの切れた髷《まげ》は崩れ、乱れた髪の毛は額に垂れて、水藻のようにべっとりと頬や額に張りついている。

「きえいっ」

頭上に剣を振りかざした男が、裂帛《れっぱく》の気合いとともに地を蹴った。

「うおうっ」

下段に剣を構えていた男は、そのまま身を沈めて、相手の横手に走り込んだ。

しとどに濡れそぼった重い袴が、烈風に煽《あお》られてばたばたと鳴った。

走りかかった男の足運びが乱れる。

ひらめく白刃《はくじん》に、蒼白い雷光が映った。

「ちっ」

　斬り損じた男が舌打ちした。

「見たか」

　摺《す》り足で駆け違えた男があざ笑った。

「今宵こそ、決着を付けようぞ」

　ふたたび上段の構えを取ると、髪をふり乱した男が毒づいた。

「いまさらに、遺恨は残すまい」

　下段に構えたまま叫んだが、激しい風雨の音に掻《か》き消されて、相手の耳にまでは届かなかった。

「五年前のこの日」

　大上段に構えた男が、濁流の音に抗して叫んだ。

「斬っておくべきであった」

　ふたたび白刃が躍《おど》った。

「それはこちらの言うせりふよ」

　下段の剣を、わずかに左へずらして罵《のの》し返した。

「秘すれば花、ということもある」

烈風がその声を吹き消した。

「世迷いごとは言うまいぞ」

絞り出すような声で言った。

「おぬしはすでに亡者《もうじゃ》。もはやこの世の者ではない」

やはり聞き取れない。

「用なき者が、生きながらえて何とする」

風の声だけが聞こえる。

「あの世へゆけ」

いずれの声も、草臥《くたび》れた風琴のように嗄《しわが》れている。

「地獄へ送り込んでやる」

たがいに息を殺して、すすっと地を擂るように足を運ぶ。

「死ぬ運命にあるのは、どうやらおぬしの方らしい」

せせら笑うように吐き捨てると、濁流が渦巻いている岸辺を、ムササビが飛ぶような勢いで走りかかった。

蔓草《つるくさ》に足がもつれて転倒した。

「おのれ」

転びながら横に払った刀身が、走りかかってきた男の足を斬り払った。

「ぬおっ」

思わず絶叫をあげてのたうちまわる。

「すべてを背負って、地獄へゆけ」

勝ち誇った男が、とどめを刺そうとして近づくと、葦辺《あしべ》に倒れていた男がいきなり半身を起こした。

「一人ではゆかぬ」

刀身が伸びて、襲いかかった男を低い位置から逆袈裟に斬り上げた。

「ぐわっ」

そのとき、土砂を押し流した濁流が、猛烈な勢いで襲いかかってきた。

低く垂れ込めた暗雲に、真昼のような雷光が走る。

赤黒く濁った激流は、凄まじい勢いでうねりを増しながら、眼に触れるすべてのものを押し流していった。

笹濁り

一

翌日はからりと晴れて、昨夜の豪雨が嘘のようだった。

まばゆい青空の下で、大川（隅田川）の流れはこれまでにないほど赤黒く濁り、水面は恐ろしいほどに盛り上がって、波打つ水が岸辺に溢《あふ》れていた。

いつもは沖船の荷積みで賑わう隅田の河岸は、濁流に呑まれてどっぷりと水に浸《つ》かっている。

金龍山浅草寺《せんそうじ》の参道脇、花川戸《はなかわど》に住む駒蔵《こまぞう》の長屋には、下っ引きと称するごろつきどもが集まって、三日間にわたって降り続いた豪雨の被害について、あることないこと噂していた。

「本所のあたりは街中どこも水浸《びた》しで、ちょいっと隣へ出かけるにも、舟で行き来しているってえ話だぜ」

磯十《いそじゅう》と呼ばれている男が、物知り顔をして言った。

「深川あたりも水が浸いて、深川の芸者衆は、真っ白な腿まで裾をたくし上げて、路に溜まった水の中を、腰をくねらせながら歩いているらしい」

ごろつきの一人が混《ま》ぜっかえした。

「なかには、むっちりとした白い尻まで見せる娘もいて」

すると、片隅でひとり賽子《さいころ》を振っていた男が、舌なめずりするような声で、

「そいつあ、めっぽう色っぽいな」

だらしなく鼻の下を長くすると、

「べらぼうめえ。色気なんかあるものけえ。ぷかぷかと水に浮かんでいるのは、犬の糞《くそ》、猫の死骸、下駄や草履《ぞうり》の類《たぐい》だろう。なかには土左衛門もあるって話じゃねえか。泥まみれ、不浄まみれの足や尻で、お座敷に上がられたひにゃ、どぶ臭くってたまらねえぜ。とても遊ぶ気にはなれません」

顎六《あごろく》と呼ばれている男が茶々を入れた。

「それそれ。お座敷そのものが泥の海で、揚屋《あげや》でも客を取れねえって話だぜ」

磯十が頷くと、

「どっちにしたところで、おれっちには縁のねえ話よ」

噂話をすげなく打ち切ったのは、捨吉《すてきち》といわれている下っ引きだった。

「ちげえねえ」

顎六が舌打ちしたのは、駒蔵長屋に駆け込んできた下っ引きたちも、臑《すね》の上まで薄汚い泥に塗《まみ》れていたからだ。

「匂うぜ」

「おめえこそ」

鼻をつまみながら、たがいに罵りあっている。

「ところで、親分がいなけりゃ、飯も出ねえのか」

空きっ腹を抱えた下っ引きたちの矛先が、駒蔵の留守を預かる与七《よしち》に向けられた。

「こんなとき、駒蔵親分は、いってえ何処《どこ》へ行っちまったんだ」

顎六たち下っ引きが、駒蔵親分の長屋に集まってきたのは、貧しい住み家が泥水に漬《ひた》され、その日の食い物が流されてしまったからにほかならない。

おまけに、大川端にある貧乏長屋が、ことごとく浸水したあおりをくって、寝場所さえ失った者も少なくはない。

川向こうの、本所や深川の浸水を笑うどころではなかった。

「どうも喧《やかま》しくてならんな」

奥の隅から、むっくりと起き上がった浪人者が、行儀の悪い下っ引きたちをじろりと睨んで、いかにも不機嫌そうに呟《つぶや》いた。

髪を大髻《おおたぶさ》に結った、見るからに素浪人風の男だが、切れ長の眼には不思議な光が宿っている。

「ばかやろう。てめえらがあまり五月蝿《うるせ》えから、とうとう先生が眼を覚ましてしまったじゃねえか」

下っ引きの与七は浪人者に遠慮して、押し殺した声で顎六たちを叱りつけた。

「あっ、いけねえ。先生がいらしたんですかい」

磯十はあわてて両手で口を押さえ、怯《おび》えたように浪人者の顔色を覗《うかが》っている。

「夕べ遅く、びしょ濡れになって駆け込んで来られるなり、宿を貸せ、とそのまま高鼾《いびき》をかいてお眠りになったんだ」

与七が小声で事情を告げると、

「また、人を斬っておいでなすったんですかい」

顎六は与七の耳元で、怯えたような顔をして聞き返した。

「しっ。滅多なことを言うもんじゃねえ」

与七が顔をしかめて口止めしたが、ときすでに遅く、浪人者はじろりと顎六の顔を睨んで、

「辻斬りをしてきた者が、岡っ引きに宿を借りるほど、呑気《のんき》にしていられるものかな」

屈託なさそうに笑ってみせたが、それがかえって底知れない凄味となって、両手で自分の口を押さえていた磯十と顎六は、背筋が凍るような恐ろしさを覚えて震えあがった。

一見おとなしそうなこの浪人が、凶悪な賭場《とば》荒らしの片腕を、無造作に斬り落としたのを見たことがある。

この男を怒らせたら、とんでもないことになる。

「そんな意味で言ったんじゃ、ねえんです」

顎六と磯十は青くなった。

そのとき、駒蔵長屋の表口に人が立って、

「お尋ね申す」

武家勤めと思われる男が、長屋にたむろしている下っ引きどもに声をかけた。

「こちらに、鵜飼兵馬《うかいひょうま》さまは、御逗留でござろうか」

二

「へえ」

すっかり怯えていた顎六が、浪人者の顔色を覗いながら、素っ頓狂な声をあげた。

「たしかに、御逗留でごぜえますよ」

与七が代わって返答した。

「わが主人から、鵜飼さまを至急お迎えいたすよう、申しつかってござる」

与七が恐る恐る軒先に顔を出すと、広鍔《つば》の木刀を後ろ腰に帯びた、武家屋敷の中《ちゅう》間《げん》らしい男が立っている。

「先生はいまお眼覚めになったばかりで、御機嫌がうるわしい、とは言えねえような塩梅《あんべえ》でござんすが」

与七は言い訳がましく答えたが、どこかの使いと称する中間風の男が、疫病神を呼び出しに来たのだと知って、内心ではほっとしていた。

「倉地《くらち》どのはお元気か」

どうやら使いの者とは顔なじみらしく、その声を聞きつけて軒先まで出てきた浪人、鵜飼兵馬は、与七の背中越しに声をかけた。

「へい。脚の傷もすっかり癒《い》えましたようで」

中間はそれとなく言葉を濁した。

「つきましては」

あらためて兵馬の前に小腰を屈めると、

「今日は鵜飼さまをお誘いして、川釣りでも楽しみたいとおっしゃられて、この先にございます竹町《たけちょう》の渡しに、舟を繋《つな》いでお待ち申しております。お手数でも、ちょっとその辺まで、御足労を願いてえんでございますが」

意外な申し出に、兵馬は思わず聞き返した。

「ほう。倉地どのがのう」

この数日、降り続いた豪雨の後で、大川端の浸水に悩む江戸庶民の苦しみをよそに、いまも濁流が波打っている大川に舟を浮かべて、呑気に川釣りを楽しもうなどとは、いささか物好きがすぎるのではないか、と兵馬は思う。

下町一帯が水浸しになったこのようなときに、将軍家御庭番《おにわばん》たる倉地文左衛門《ぶんざえもん》が、隠密御用の宰領《さいりょう》を務める鵜飼兵馬を誘って、大川で舟遊びをするなどということは、ふつうなら考えられない。

何か密命が下ったのか、と兵馬は思ったが、もしそのようなことであれば、いつもは慎重な倉地文左衛門が、昼日中《ひなか》に堂々と使いを立てて、兵馬を呼び出すような真似をするはずがない。

「よほどお暇のようだな」

兵馬は苦笑して、右手に提げていた愛刀、そぼろ助廣《すけひろ》を、ぐいと腰帯に差し直した。浪人者に似つかわしからぬ腰の一刀だけが、かつて剣をもって弓月《ゆづき》藩に仕えていた兵馬の履歴を語る唯一の名残《なごり》だった。

しかし、せっかくの名刀も、浪人してから十数年、まだ一度も研《と》ぎに出したことがない。

むろん武士の心得として、刀剣の手入れを怠ったことはないが、御庭番宰領となって隠密御用を務める兵馬は、御用の筋で何度か死闘に巻き込まれたことがあり、そのとき蒙《こうむ》った数カ所の刃こぼれは、いまもそのままになっている。

兵馬がそぼろ助廣を研ぎに出さないのは、長い浪人暮らしで貧窮し、刀の研ぎ代にもこと欠いているからでもあるが、それよりも、研ぎ減らして刀身が瘠《や》せるのを厭《きら》って、太刀姿のよい助廣のうぶの形を、そのまま残しておきたいと思うからだ。

「それにしても」

竹町の渡しに向かって歩きながら、兵馬は倉地家の中間に問いかけた。

「ゆくえ定めぬわしのねぐらが、倉地どのにはよくわかったものだな」

それは御庭番倉地文左衛門の捜査網が、江戸市中の至るところに、張りめぐらされているからに他ならない。

しかし、それだけではない、と兵馬は思っている。

倉地に釣りの趣味があるらしいことは知っていたが、兵馬はまだ一度も誘われたことはない。

これまでは隠密御用に忙しくて、釣りなどしている暇もなかったというのが実状だろう。

しかし、今回はすこし事情が違うらしい、と兵馬には思い当たることがあった。

江戸市中、どこにいるのかもわからない兵馬を、わざわざ捜し出して、釣りに誘おうとしているいまの倉地は、よほど暇を持てあましているに違いない。

弓月藩をめぐる遠国《おんごく》御用から帰ってきた兵馬は、ふとしたことから、女侠客・始末屋お艶《えん》の世話になって、それ以来、愛人のお蔦《つた》と暮らしていた深川蛤町の裏店《うらだな》に戻ることはなかった。

数年前にお蔦が失踪した後も、兵馬は蛤町の裏長屋で、小袖《こそで》というお蔦の連れ子と一緒に暮らしてきた。

身寄りのない幼女を、いつかは戻ってくるかもしれない母親に、返してやりたい、と思っていたからだ。

ところが、わが子を置き去りにして、理由も告げずに姿を消したお蔦という不思議な女は、霞ヶ浦の湖族《こぞく》たちから、『水のお頭《かしら》』と恐れられてきた怨泥《おんでい》一族の姫君だったのだ。

およそ八百年の昔、新皇と称して東国に君臨した平将門《たいらのまさかど》の末裔、と言い伝えられてきた怨泥一族は、天正十八年に江戸入りした徳川家に仕え、三千石待遇の旗本恩《おん》出井《でい》家として、いまも存続しているのだという。

つまり、お蔦が生んだ小袖は、下町育ちの小娘ではなく、大身旗本恩出井家の御息女ということになる。

お蔦、実は新皇将門の血を引く津多《つた》姫が、伝説の水妖《すいよう》として自決した後、孤児となった小袖は、根津権現裏にある恩出井屋敷に引き取られた（既刊②『水妖伝』参照）。

身軽になった兵馬は、ふらりとお艶の家を出て、また元のような風来坊の境遇に戻ってしまった。

賭場の用心棒をしながら、かろうじて食って寝られるだけの日銭を稼いできた兵馬は、これでまた文字どおりの宿無しになってしまったわけだ。

これが気楽でよい、と居直って、無頼の暮らしを楽しもうにも、兵馬は少々歳を取りすぎている。

いくらかでも銭があれば、場末の安宿に泊まることもできるが、稼ぎのない日は、昔の知り合いのところにでも転がり込むより他はない。

目明かしの駒蔵が、隠れ賭場を開いていた頃は、兵馬も暮らしに困らないほどの日銭を稼ぐことができた。

しかし、駒蔵が賭場を畳んで、商売違いの岡っ引きになってからは、兵馬の用心棒稼業も用なしになってしまった。

世の中の景気は上向きだというが、兵馬の稼ぎはかえって前よりも目減りしている。

昨夜はひどかったな、と兵馬は思わず苦笑した。

この数日、降り続いた豪雨のおかげで、兵馬は一文の稼ぎもないまま、泊まろうにも宿はなく、とうとう濡れ鼠のようになって、やむなく駒蔵の長屋に転がり込んだのだ。

まさか駒蔵のねぐらを襲うことになろうとは、鵜飼兵馬、落ちぶれたものよ、とさすがに自嘲《じちょう》せざるを得ない。

兵馬の顔色を見て取ったのか、倉地が遣わした小者は、媚《こ》びるような声で言った。

「倉地さまの方では、はじめから鵜飼さまをお誘いするつもりで、舟を仕立てたのでございますよ」

小者の話に嘘がなければ、宿無しになった兵馬が、やむなく駒蔵の長屋にもぐり込むだろうことを、倉地ははじめから知っていたことになる。

「油断も隙もならないお人だな」

厭味のひとつも言いたくなるのは、兵馬が困窮していることがわかっていながら、宰領の手当をはずもうともしない倉地の吝嗇《りんしょく》ぶりに、腹を立ててもいたからだ。

「鵜飼さまのお泊まりになるところは、おおよその見当がついているらしゅうございますよ。まず、はずれっこない、と自慢そうに言っておられました」

それもそうだ。いくら江戸が広かろうとも、銭なしの兵馬を泊めてくれる安宿はかぎられている。

「ならば支払いの方もそう願いたいものだ」

兵馬が苦笑すると、

「ほんとうに、そのとおりでございますよ」

すぐに賛同したのは、この男も、倉地から満足な手当を貰っていないからだろう。

この時代の不思議さは、とても食べてゆけないほどの実入りしかなくとも、なんとか食い抜けてゆく道が残されていたことだろう。

兵馬は江戸の浪人暮らしが長く、貧乏に慣れた裏店《うらだな》の住民たちとも、すっかりなじみになっている。

いまでは、武家育ちの兵馬も、宵越しの銭は持たねえ、という江戸っ子の気風《きっぷ》に染まって、いらざる明日への屈託を、日々忘れるようになっていた。

なんとかなるものだ、という明日への安易さがなければ、今日を生きることなどできるはずはない。

御庭番倉地文左衛門は、さすがにその辺を心得ていて、危ない仕事の内容からすれば、嘘のように安い手当で、宰領の兵馬を只《ただ》同然にこき使っている。

賭場の用心棒をして食いつないでいた兵馬は、倉地から剣の腕を見込まれて御庭番宰領となり、かなり危険な仕事に赴《おもむ》くこともあるが、これはあくまでも陰の働きであって、隠密御用がないときは宰領への手当も出ない。

ところがこのところ、いわば雇用主である倉地が、どうやら暇を持てあましているらしいのだ。

兵馬が困窮しているのはそのためで、御庭番の倉地が暇になれば、宰領への手当も途切れがちになるわけだ。

「倉地どのには、決まった俸禄があるからわかるまいが、拙者のような日銭稼ぎでは、食うに苦しい世になってきたということか」

さすがにおのれの年齢を考えれば、気ままな浪人暮らしに慣れた兵馬も、やはり呑気に構えてはいられないようだった。

三

舟は流れに逆らって、風になぶられる木っ端《こぱ》のように揺れた。

濁流に浮かべた一艘の小舟で、水の溢れる大川を、上流まで遡《さかのぼ》ることは至難の業《わざ》だった。

「これは物好きがすぎる」

思わず兵馬が口にすると、

「それが舟遊びの醍醐味《だいごみ》、というものではないか」

したたかに水しぶきを浴びた倉地文左衛門は、理屈にもならない気楽なことを言って、兵馬の懸念を笑い飛ばした。

それにしても、よほど腕のよい船頭を雇っているらしい。

兵馬たちを乗せた小舟は、濁流に呑み込まれそうになりながらも、巧みに大渦を避けて、すこしずつ上流へと漕ぎ進んでゆく。

「めずらしい趣味をお持ちですな」

兵馬は皮肉を込めて言った。

「たまには、おぬしを楽しませてやろうと思ってな」

倉地はにやりと笑ってみせたが、その顔はあまり楽しんでいるようではなかった。

「ただの遊び、とも思われませんが」

そうかと言って、隠密御用の密命が下ったわけでもないらしい。

「この釣り竿は、しなり具合がよいぞ」

倉地は舟底から自慢の釣り道具を取り出して、聞きたくもない講釈を並べだした。

「この竿を、おぬしにお貸しいたそう。釣り針を呑んだ魚がいくら引こうとも、このしなりにかかれば決して逃れることはできぬ。逃《のが》れようとしてもがけば、いかにも逃れられそうに竿はしなる。しかしこのしなりこそ曲者《くせもの》で、いくらもがこうとも、魚の動きを的確にとらえて離さない」

倉地は釣り竿を手に取ると、小舟から身を乗り出すようにして、勢いよく、びゅっ、びゅっ、と振ってみせた。

なるほど、釣り竿は鞭《むち》のようにしなって、船端に打ち寄せる波頭を微塵《みじん》に砕いた。

飛び散るしぶきが、兵馬の頬を濡らす。

「さらに言えば、釣り竿に腰の強さは欠かせぬところじゃ。さもなくば、いくら魚が引いても、手元にたぐり寄せることは叶わぬ。剛と柔、いわば相反する働きが、この一本の内に備わっていなければ、よい釣り竿と言うことはできぬのだ」

とめどなく続きそうな倉地の蘊蓄《うんちく》に、兵馬は聞く前からうんざりして、

「このような日に、ほんとうに釣りをなさるおつもりなのか」

河面に溢れ返る濁流を見ながら、あきれ返ったように問いかけた。

「この日を逃したら、せっかくの好機を失うのだ」

倉地は釣り竿の具合をあれこれと確かめながら、非難がましい兵馬の問いかけにも平然としている。

赤黒い濁流は、上流に進むにつれて、さらに強いうねりを加えた。

土砂で濁った流れは、水しぶきを立てて船端を叩き、渦巻くように波打って、兵馬が乗っている小舟をぎしぎしと軋《きし》ませ、荒々しく上下に持ち上げ、激しい動きで左右にぐらぐらと揺らした。

いつもは大船小舟がさかんに行き来している大川も、濁流が渦巻いている今日は、さすがに荷駄を運ぶ平底船《ひらそこぶね》さえ見あたらない。

「このような日に、艪櫂《ろかい》を頼りに流れを遡るのは、はたで見ているほど楽ではあるまい」

兵馬は船尾に眼をやって、艪を漕いでいる船頭に声をかけた。

「さほどのことではありませんや」

船頭は無愛想に答えたが、額には玉のような汗が滴《したた》っている。

「ただし、この舟がひっくり返ったときには」

波の音に逆らうような声で、船頭は無慈悲に付け加えた。

「旦那方の面倒までみることはできませんぜ」

この濁流の中を泳ぎきることは、いくら水に慣れた船頭でも難しいという。

「それは困る」

山国の信州に生まれた兵馬は水練が苦手だった。

「ほほう。おぬしにも困ることがあるのか」

倉地は面白そうに笑った。

「そのようなときには」

わざと意地の悪い顔をすると、

「覆《くつがえ》った舟の、欠片《かけら》でも、櫂の端だろうが、何でもよい、浮かんでいる物につかまって、水の流れに身を任せるのだ。決して流れには逆らわないことだ。そうすれば大川の流れが、おぬしを労せずして花のお江戸まで送り返してくれようぞ」

倉地はつまらない冗談を言って、水練に弱い兵馬をからかった。

「流れ流れてゆく先は、両国橋の手前、大川端の百本杭、という仕掛けでござろう」

百本杭に絡み取られた水死人を、目明かし駒蔵の立ち会いで見たことがある。

もともとは護岸のために打ち込まれた波よけだが、たとえ水死人でなくとも、大川に投げ込まれた死体は、たいていこの百本杭にひっかかった。

武蔵国と下総国《しもうさ》をへだてる大川の流れは、海に近い両国橋あたりまで来ると、潮の満ち引きによって水位が著しく増減する。

満ち潮のときは、百本杭の底に沈んでいた死骸が、引き潮になれば、水面に姿をあらわすことになる。

水中で腐爛した溺死体は、ぱんぱんに水ぶくれして、生前とはすっかり人相が変わってしまい、誰のものとも判別することは難しい。

「あそこは、よい釣り場だが」

倉地が言うように、百本杭は江戸っ子にとって格好の釣り場で、杭と杭の隙間には、鯊《はぜ》や鯉、鮎などが群れている。

「あまり気味のよいものではありませんな」

腐爛した水死人を見た直後には、さすがの兵馬も、百本杭で釣ったという魚を食べる気にはなれなかった。

「左岸には小塚っ原の刑場、右岸は掃部宿《かもんじゆく》。もうすこし行けば梅田の里が見えますぜ」

うねる荒波をものともせず、船頭は大汗を流して艪を漕ぎながら、呑気な声で鼻唄を歌いだした。

夏は涼しき浅草の
色をとどめし舟遊び
身を捨て人の思ひ川
ばっとしたのの訳姿《わけすがた》
さりとは心うつつ也

「なるほどな。身を捨て人の思ひ川か」

何を思ってか、倉地は船頭の鼻唄にいたく感心している。

「めずらしいことを言われますな」

雇用主の倉地が身を捨て人だとしたら、その宰領を務めている兵馬は、なおのこと救われないではないか。

「いや、いや。身を捨ててこそ浮かぶ瀬もあれ、とも言うではないか」

兵馬がそれとなく鎌をかけてみても、倉地からは空とぼけたような言葉しか返って来ない。

やんれ白波の
打つや鼓の
川柳
水にもまれて
根（音）こそ入りけれ

「おぬしも、小唄でも習ってみてはどうか」

船頭の舟唄に唱和するかのように、倉地までが呑気に鼻唄を歌いだした。

付き合いきれんな、と兵馬は匙《さじ》を投げた。

四

兵馬は広大な水域に圧倒された。

これが大川の上流なのか、と疑いたくなるほど、あたりの情景は一変している。

「ここが釣り場ですか」

川幅が広いとか狭いとか言うよりも、水と大地とを隔てる岸辺というものがない、と言った方がよいのかもしれない。

濁り水の底には、一面に繁茂している青草を透かし見ることができるが、それらは川底に群生する水藻ではなかった。

「岸辺に茂る笹の葉が水没しているのさ」

倉地は嬉《うれ》しそうな声で言った。

「ずいぶんと、水の多いところでござるな」

まるで湖のように見える広大な水域を、兵馬はものめずらしげに眺めわたした。

「今回のような出水がなければ、もともとこのあたりは、入り会いの牧草地か、縦横に水路をめぐらせた水田地帯なのだ」

そう言われてみれば、濁った水面下に、田圃《たんぼ》を区切っている畦《あぜ》のような影が見える。

「幸いにも、稲の刈り入れは終わっているようだ。さもなくば、いまごろ百姓どもは大騒ぎであろう」

かろうじて凶作からは免れたわけだが、しかし、田圃に流れ込んだ土砂をどうするのだ。

「もともとは隅田川の流域に広がっていた荒地を、常憲院（綱吉）様の頃には田圃に変えてしまったのだ。田を開いたこの土地の者は、ここに水が浸くことは覚悟のうえであろう」

一面に広がっていた田圃が、ときならぬ豪雨のために水没して、まるで湖のように広大な水域が現出したわけだ。

「そろそろ頃合いかな」

一面に広がる水域を見ていた倉地が、おもむろに促すと、船頭は慣れたもので、巧みに小舟を操って、わずかに地表が乾いている砂州に向かった。

「しだいに、水が減ってゆくのがわかるであろう」

倉地が言うように、陽が頭上にさしかかる頃になると、濁流はすこしずつはじめの頃の勢いを減じて、穏やかな流れに戻りつつあるように見えた。

「こうして水面を見つめていれば、同じ濁った水に覆われていても、そこには急な流れと、ゆるやかな流れ、そしてほとんど水が動かない淀みのあることを、おのずから知ることができる」

早朝から濁流の中に舟を乗り出したのは、水の流れが定まる頃合いを計ってのことらしい。

「もうしばらくすれば、この地を覆っていた大水が去って、もとの地形があらわれてくる。絶好の釣り場を捜すためには、この頃合いを逃すことはできぬのだ」

倉地はいつになく饒舌《じょうぜつ》に見えたが、ただ釣り場のことだけを、言っているのではないらしかった。

「何かアタリがあるのですか」

隠密御用のことか、とそれとなく聞いてみた。

「そう堅苦しいことばかり言わずとも、せっかくの釣りを楽しめ。御用のことは、もう忘れてもよいのではないか」

またしても意外なことを聞く、と思ったが、兵馬はあえて問い返すことはしなかった。

一面の水に覆われている水域にも、わずかに川幅の形が残されている場所がある。濁り水の流れは、水没してしまった川に沿って動いているので、岸辺に繁茂していた青草が、まるで縞模様のような流線を描いて、ぽつりぽつりと水面に浮かんでいる。

船頭は巧みに艪櫂を操って、淀みの中へ小舟を漕ぎ寄せてゆく。

「これ以上ゆけば、船底がつかえて動かなくなりますぜ」

小島のように盛り上がった草地に舟を寄せると、船頭は倉地に向かって断りを入れた。

「この辺だな」

倉地は頷いて、釣り道具を腰に着けると、反動をつけるようにして、青草の茂る小島に向かって跳躍した。

小舟はぐらぐらと激しく揺れて、船端に白い水しぶきがあがった。

「そのようすでは、脚の怪我も、すっかり治られたようですな」

兵馬は皮肉を言ったつもりだが、たしかに青草の上に飛び移った倉地の動きは、以前よりも鋭さを加えたように見えた。

「おめえさまも、はやく渡ってくだせえ」

船頭に促されて、兵馬も魚籃《びく》を腰に括《くく》り付けると、残りの釣り竿を担いで、勢いよく船端を蹴った。

小舟はぐらりと傾いたが、転覆することはなかった。

物慣れた船頭が、反対側の船端から川底に竿を突き刺して、揺れを防いでいたからだ。

「日暮れまでには迎えに来てくれ。おまえも鮎の分け前が欲しければ、大きな魚籃でも用意してくることじゃな」

倉地は暢気《のんき》なことを言って、なぜかその場から船頭を帰してしまった。

このあたりまでくると、さすがに濁流の激しさはない。

それでも、溢れ出た水が、岸辺の泥土を押し流して、赤黒く濁り、笹の葉の茂っている浅瀬でも、水底を見ることさえできなかった。

「舟を帰してしまったのは、早計でしたな」

これでは何処へ移動するにも、泥水を跳ね飛ばしながら歩き廻らなければならない。

「どこへ動くこともない。ここは鮎釣りに絶好な場所じゃよ」

倉地は濡れた青草の上に腰を下ろすと、自慢の釣り道具を取り出して、釣り針に餌《えさ》を付け始めた。

鮎釣りには餌を付けずに、鳥の羽や、赤や青の色糸を付けた疑似針を使うと聞いているが、どうやら倉地は、餌釣りをするつもりらしい。

「このような日に鮎を釣るには、まあ餌など要《い》らぬほどなのだが」

ぶつぶつと独り言を言いながら、釣り竿をびゅんとしならせて、赤黒く濁った水中に釣り針を投げた。

広大な水域に浮かんだ砂州のような小島に、兵馬と倉地、ただ二人だけが取り残されてしまったことになる。

「ずいぶんと寂しいところですな」

そう言ってあたりを眺めまわしたが、兵馬にはこのようなところへ連れ出した倉地の意図がわからない。

「にぎやかなところで鮎釣りはできぬ」

倉地は平然として釣り糸を垂《た》れている。

「鮎を釣るには、大水が出た翌日にかぎる。おぬしもこの醍醐味《だいごみ》を知ったら病みつきになるぞ」

五

「笹濁りの日は」

と倉地は言った。

「面白いように鮎が釣れる」

無言で釣り糸を垂れている兵馬に、倉地は聞きたくもない蘊蓄《うんちく》を垂れ始めた。

「大水が出た翌日、まだ濁流は澄まず、赤黒い泥の流れが、水辺の熊笹を覆い尽くしている」

　そのとき、倉地の釣り糸がピーンと張って、泥水の中に鋭い刃物のような魚影が跳ねた。

「そら、かかった」

　釣り竿の先がびゅんとしなって、ぴちぴちと跳ねまわる鮎が、銀色の腹を見せて宙に躍った。

　満面に笑みを浮かべた倉地は、左手で釣り糸を引き寄せ、ぴちぴちと跳ねる鮎を、慣れた手つきで釣り針からはずすと、無造作に魚籃の中に投げ込んだ。

「いつもは川岸に繁茂している笹の葉が、水かさを増したいまは、泥を含んだ水底に沈んで、まるで水草のように見えるだろう。笹の葉は濁流に没して、見えず隠れず、わずかに水面へ葉影を映しているばかりだ」

　倉地は喋りながら、餌を付けた釣り針を水中に放った。

「これを笹濁りと言ってな、鮎釣りをするには、まさに千載一遇の好機と言ってよい」

　言う端から、倉地の釣り糸が、またビュンビュンと引いている。

「鮎は優しそうな姿のわりには、獰猛《どうもう》な魚でな、笹濁りの日などは、餌を付けなくとも、向こうから釣り針に食らいついてくる」

釣り上げた鮎を、倉地は無造作に魚籃の中へ放り込む。

「鮎は清流に棲むもの、と思ってござったが、このような濁り水を好むのでござろうか」

何故か、兵馬が垂らしている釣り糸は、いつまでたっても引く気配を見せない。

「そうではない。鮎は利口な魚だ。濁流に流されぬよう、濁流に沈んだ笹の陰に隠れて、流れが澄むのを待っているのさ」

笹の根はしなやかで強い、その中に待避すれば流されることはない、と倉地は意味ありげに言った。

「そら、おぬしの糸も引いているぞ」

仏頂面をしている兵馬を見て、倉地がおかしそうに笑った。

「倉地どのは寡黙なお人と存知ておりましたが、今日はまたずいぶんと饒舌でござるな」

にわかに引きが弱くなったのを感じて、兵馬があわてて竿を上げると、釣り針に付けた餌はみごとに取られていた。

「鮎は釣り人を見るという」

倉地は意地悪く笑った。

「無外《むがい》流の遣《つか》い手、走り懸《が》かりの名人も、釣り竿を持たせては形なしだな」

兵馬の眉間が、ピリピリと動いた。

「鮎を獲る道具は、釣り竿だけでござろうか」

倉地は、兵馬の気勢に押されて息を呑んだ。

「よく見ておられよ」

兵馬は立ち上がると、すっと腰を落として、赤黒い水の流れを凝視した。

水中で揺れている笹の葉影に、微かな気配を感じ取ると、兵馬は静かに息を吐きながら、刀の柄に手をかけた。

兵馬の右足が鋭く水中に踏み込まれる。

「はっ」

そぼろ助廣が一閃した。

その一刹那、銀色にきらめく魚が跳ねあがり、水面に落ちる前に、ぱっと二つに裂けた。

「そのようなことをせずとも」

倉地が兵馬の無粋さをなじると、

「思わせぶりは、やめていただこう」

兵馬はそぼろ助廣の刀身を、音もなく鞘に収めて、ことさら低い声で言った。

「川釣りと称して江戸を離れたのは、ここで他人には聞かれたくない話をするためでござろう」

詰め寄るような兵馬の物言いに、倉地は困った顔をして苦笑した。

「さて、せわしないことを」

兵馬は追及の手をゆるめず、

「船頭まで帰されたのは、よほどのこととお見受けする。ここには聞き耳を立てている輩は誰もござらぬ。わざとらしい鮎釣りの偽装も要らぬこと。拙者に何か言うことがあらば、そろそろ話していただいてもよろしかろう」

釣り竿を脇に退けて、倉地に面と向かい合った。

「そのように、四角四面にならずともよかろう」

倉地は釣り上げた鮎を魚籃に収めながら、

「釣りでも楽しもう、ということに偽りはない」

兵馬をなだめるように、

「つまり、釣りの他には、何もすることのない身になった、ということかな」

あいかわらず、空とぼけた口調で言った。

「お役御免になられたのですか」

どうりで、この頃は隠密御用の声がかからないはずだ、と兵馬はすぐに納得した。

御庭番宰領の兵馬が、手当を貰えなくなったのは、雇い主の倉地が、失職してしまったからなのか。

「そういうことではない」

また釣り糸が引いている。

「おぬしも釣り糸を垂れたらどうかな。今日のような笹濁りは、滅多にあるものではないぞ」

すでに倉地の魚籃は、ピチピチと跳ねる鮎で満たされている。

「では、どういうことでござるのか」

言いながら、兵馬は釣り針に餌を付けた。

「おぬしのところに、ちっとも鮎が寄りつかぬのは、餌の付け方が悪いからだ」

倉地はもどかしそうに手を伸ばすと、兵馬の付けた餌を捨てて、新しい餌と付け替えた。

「鮎という魚は気難しい。おぬしに似ていると言えようか。餌の付け方が気にくわなければ、たとえ腹が減っていても、どうしたものか、見向きもしないことがある」

それは、兵馬に対する皮肉とも受け取られた。

「白河侯（松平定信《まつだいらさだのぶ》）が将軍補佐になられたことは知っておろう」

これまで、のらりくらりとしていた倉地が、ようやく本題らしきことを語りだした。

「将軍家が代替わりしてから、すでに一年。幕閣もすべて入れ替わった」

天明六年九月、十代将軍家治《いえはる》が逝去《せいきよ》。

しかし、何故か家治は、臨終の十日前になって、重用《ちようよう》してきた老中田沼意次《たぬまおきつぐ》、側衆の稲葉正明《いなばまさあき》を罷免している。

将軍が逝去した翌々月の閏《うるう》十月、田沼意次は封地二万石を収公され、勘定奉行の松本秀持《まつもとひでもち》が罷免された。

翌天明七年四月、西丸から本丸に移っていた徳川家斉《いえなり》に将軍宣下《せんげ》。

家斉は御三卿の一橋治済《ひとつばしはるさだ》の子だが、将軍家治に世子がないことから、将軍家の養子となって西丸に入っていた。

その年の六月、江戸に大規模な打ち毀《こわ》しがあったことは、期せずしてその一翼を担った兵馬には、忘れることのできない事件だった（既刊①『孤剣、闇を翔ける』参照）。

江戸打ち毀しの責めを受けて、町奉行の曲淵甲斐守景漸《かげつぐ》が罷免され、江戸の庶民が日頃の溜飲《りゅういん》を下げたのも、つい昨日のことのように覚えている。

それから十数日後には、溜間詰《たまりのまづめ》だった松平定信が老中に任じられ、はやくも老中首座に就いた。

「老中首座になられてから、白河侯（定信）の動きは早かった」

倉地がさりげなく口にしているのは、御政道にかかわる秘事で、たしかに船頭などに聞かせることではなかった。

その年の九月、大老の井伊直幸《いいなおひで》が罷免され、その十日後に、定信は新たに『武家諸《ぶけしょ》法度《はっと》』を書き加えて頒布し、鉄座、真鍮座を廃止した。

これは貨幣の鋳造に関わることで、前政権を担《にな》っていた、田沼意次の通貨対策に対する全否定につながる。

政権を握った松平定信の、前政権に対する追及は厳しかった。

翌十月に入ると、田沼意次の所領、遠江《とうとうみ》国の相良《さがら》二万七千石は没収され、老いた意次は蟄居《ちっきょ》謹慎を命じられた。

「そして今年になってから、白河侯の盟友、松平信明《のぶあき》どのが側用人となり、その一ヶ月後には、老中首座の白河侯が、将軍補佐となられた」

つまり、白河侯松平定信は、老中に就任してから半年余にして、幕閣のすべてを掌握したことになる。

「これがどのようなことを意味するのか、おぬしにもわかるであろう」

苦《にが》い顔をして、倉地は言った。

「御庭番は、用なしになったわけですな」

そもそも御庭番とは、八代将軍となった吉宗《よしむね》が江戸入りしたとき、紀州から引き連れてきた家臣団の一群だった。

このとき紀州藩士から幕臣に編入された者は、二百五名を数えるという。吉宗は江戸城へ乗り込むに当たって、二百五人の紀州藩士で、おのれの身辺を固めたのだ。

まるで敵地に赴くかのような周到さだが、当時の幕政は、数人の老中による合議制が取られており、将軍はいわば飾り物にすぎなかった。

享保の改革を断行した吉宗にとって、老中をはじめとする幕閣は、よそ者の将軍に対する旧弊固陋《ころう》な抵抗勢力に他ならなかった。

新しく設けられた御庭番とは、紀州から入った吉宗によって、幕閣に対抗するために置かれた、将軍に直属する私的諜報機関だったのだ。

『御庭番筋の儀は、有徳院（吉宗）様、紀州に入らせられ候筋、薬込め役相勤め、御機密の御主意を蒙り候者共にて、専ら御内々御用、相勤めまかり在り』

と、『御庭番家筋の儀ならびに御内々御用その外共勤め方手続書』という幕府の古記録には書かれているという。

薬込め役とは、吉宗が鉄砲を撃つとき、傍らにいて弾丸と火薬を装填していた軽輩だが、すでに吉宗が紀州にいた頃から、『機密』にあずかり、『内々御用』を勤めていたのだから、はじめから隠密として働いていた集団であったことがわかる。

吉宗が紀州から連れてきた隠密たちは、『御庭番家筋』と呼ばれて十七家を数えた。

むろん、鵜飼兵馬を隠密の宰領に任じた倉地文左衛門兼光《かねみつ》は、江戸入り以来の『御庭番家筋十七家』に属している。

六

「まあ、そういうことだ」

倉地は慣れた手つきで、笹濁りに隠れている鮎を釣り上げながら言った。

「このようなときには、鮎釣りでもしている方が無難ではないか」

倉地が暇を持てあましているのではないか、と思った兵馬の推測は当たっていたわけだが、その場雇いの宰領にすぎない兵馬は、御庭番として俸禄を貰っている倉地のように、暢気に構えているわけにはいかない。

「つまり、わたしは失職したわけですな」

兵馬は念を押した。

「そういうことになるかな」

空とぼけた返事に、兵馬は一瞬かっとなったが、倉地がこのようなところに呼び出して、のらりくらりと話しているのは、よほど切り出しにくい内容だからに違いない。

「それで、倉地どのはどうなさるのです」

兵馬は気を変えて、倉地のゆくすえを聞いてみた。

「白河侯が老中首座になり、さらに将軍補佐となったからには、将軍家に直属する御庭番は不要になる。もう将軍家から隠密御用を申しつかることもあるまい」

紀州から入ったよそ者の吉宗にとって、徳川譜代大名で固められた老中幕閣は、敵地にも等しい修羅場だったに違いない。

つまり江戸政権と言っても、御政道の実権は幕府閣僚たちが握っていて、将軍の意向などは添え物にすぎなかった。

たとえ将軍と老中が対立しても、いわば聾桟敷に置かれているような将軍と、幕僚たちの組織を握っている老中では、はじめから勝負は決まっている。

御庭番が置かれたのは、将軍の『耳』や『眼』が必要だったからで、隠密御用を申しつかった御庭番が調べあげた『風聞書』によって、老中の意見を鵜呑みにせず、将軍としての識見、を示すことができるようになるわけだ。

こんど筆頭老中になった松平定信は、紀州から入った八代将軍吉宗の孫にあたる。吉宗には、家重《いえしげ》、宗武《むねたけ》、宗尹《むねただ》の三子があったが、嫡男の家重は病弱、次男の宗武は父親譲りの英才と言われた。

吉宗の後継として、病弱の家重よりも、英邁な宗武を次期将軍に、という声が幕僚たちにはあったが、吉宗は兄弟間の争いが政争の原因となるのを忌《い》んで、はやくから嫡男の家重を継嗣《けいし》に定めていた。

家重に将軍職を譲ると、吉宗は次男の宗武を立てて田安家を興《おこ》し、三男の宗尹に一橋家を興させた。

これに家重の次男重好《しげよし》が興した清水家を加えて『御三卿《ごさんきょう》』と呼び、将軍家の直系が絶えたときは、御三卿から継嗣を迎えることにした。

松平定信は、田安宗武の七男で、幼い頃から父親以上の英才と謳《うた》われた。

それを恐れた田沼意次は、定信が十七歳のとき、奥州白河藩主松平越中守の養子に出すよう内命を下した。

田安宗武の子は、男子だけでも七人を数えたが、五男の治察《はるあき》と七男の定信の他はみな夭折《ようせつ》してしまった。

残された治察と定信も、どちらかというと腺病質で、田安家の家督は治察が嗣いだものの、とても長生きできるとは思われなかった。

幕府が十七歳の定信を、無理やり奥州白河の松平家へ養子に出させたのは、病床にある治察が死んだあと、英邁の誉れ高い定信が、田安家を嗣ぐことを警戒したのだ。

将軍家では、九代家重が病弱、その子家治も病弱のため、吉宗の血筋はいつ絶えるかわからない。

もし将軍家の正系が絶えれば、『御三卿』から将軍を迎えなければならない。

そうなれば、英邁を謳われている定信を将軍に、ということになるだろう。

飾り物の将軍を立てて、幕政の実権を握ってきた幕閣の勢力にとって、英邁な将軍などは無用なこと、これだけは避けなければならぬ、と陰に陽に策謀をめぐらした。

すくなくとも定信が『御三卿』田安家の当主でなければ、将軍職を嗣ぐことはできない。

奥州白河藩松平家の養子となった定信は、これで将軍となる可能性を永遠に失ってしまったことになる。

「そのとき幕閣が、無理やり取り持った養子縁組を、白河侯はいまも恨んでいるという」

そのような因縁を持つ松平定信が老中首座となり、将軍補佐を兼ねたことが、兵馬の失職と、何処でどう繋がっているのか。

「もともと御庭番が置かれたのは、三河以来の譜代を誇る幕府閣僚と、紀州から入ったよそ者将軍との、眼に見えぬ争いを制するためであった。しかし」

倉地は一呼吸置いてから言った。

「紀州から出た田安家の七男が老中首座になれば、白河侯がその両者を一手に握ることになり、三河譜代の老中と、紀州との争いはなくなる。将軍家に直属する御庭番が、隠密御用を命ぜられることは、もはやあるまい」

倉地の釣り糸が、またグイグイと引いている。

「そうなれば、御庭番は暇を持てあまして、鮎釣りでもする他はない、というわけですかな」

兵馬は脇に置いていた釣り竿を、物ぐさそうに取り直し、餌も付けずに糸を垂れた。

すると突然、ビクビクという手応えがあった。

「引いているぞ」

驚いたように倉地が叫んだ。

「物好きな魚もあるものですな」

兵馬は冗談口を叩きながら、ぐいぐいと異常な手応えで引かれている釣り竿を、しなりを加えながら高く振り上げて、ビュンビュンと引いている糸を岸辺に手繰《たぐ》り寄せた。

赤黒く濁った水面を蹴るようにして、高々と跳ね上がった銀色のきらめきは、鮎とも思われないほど獰猛な顔をした大魚だった。

「これは川の主かもしれぬ」

ピチピチと跳ねる大魚の頑丈そうな顎から、釣り針を外すのを手伝いながら、わざと不吉そうな顔をして倉地がからかう。

「それにしては、品のない顔をした魚ですな」

兵馬がふたたび釣り糸を垂れると、不思議なことにすぐ手応えがあった。

「またまた何かが釣れたようですぞ」

それを見た倉地の眼が鋭く光った。

「物好きなのは鮎ばかりではないらしい。どうやら今日のおぬしは、奇妙なものに縁があるようだな」

　倉地は皮肉っぽい口調で言った。

「引き上げてみろ。獲物はでかいぞ」

　昼なお暗い濁り水の底に、不気味なほどに黒々とした、水藻のようなものが揺れている。

「流木の根にでも絡みついているようだが」

　兵馬が水の中に足を踏み入れると、赤黒い泥水に隠れた笹の葉の下から、ざんばらに髪を乱した水死体が浮かび上がった。

「これは、ただの溺死人ではありませんな」

　兵馬の眼が鋭く光った。

「あのように激しい雨の夜に、いったい何が起こったのであろうか」

　屍体はかなり上流から流されてきたものか、着物は剝がれ、赤裸になって、全身は傷だらけ、顔も崩れて人相はわからず、溺死人の身許を知る手掛かりは何もなかった。

「かなり鍛えられた身体と思われますが」

兵馬が水死体を岸辺に引き上げると、倉地も御庭番らしい厳しさを取り戻して、

「そうとうに修行を積んできた男らしい」

上腕部に盛り上がっている筋肉を見て言った。

「これをご覧になられよ」

全身が蒼白に変わった溺死人には、胸部から腹部のあたりに、たったいま斬られたかのような、鋭い斬り傷が口を開いている。

「溺死する前に斬られたものと思われます。かなり手が利く剣客の仕業でしょう」

倉地はなおも水死体を調べていたが、

「この男とても、ただの遣い手ではあるまい」

よく鍛えられた逞しい骨格を見て、驚嘆したように呟いた。

死微笑

一

夕べ、一昨日と、豪雨の中を駆けまわった目明かしの駒蔵は、疲れきって帰ってきたわが家の土間に、菰《こも》包みにされた死骸が転がっているのを見て、たちまち癇癪《かんしゃく》玉を破裂させた。

「いってえ、どうしたと言うんでえ。与七、与七はいねえのか」

留守をあずけていた子分に怒声を浴びせたが、いくら呼んでも返事はなく、不気味に静まり返った薄汚い室内は、早すぎる闇にとざされていた。

「野郎、どこへ行きやがった」

顎六、磯十、捨吉《すてきち》、と出入りの子分たちの名を呼んでみたが、やはり誰一人として応答はない。

「まっ、いいか。死骸なんぞは、めずらしくもねえ」

駒蔵は舌打ちした。とにかく、ぐっすり眠りてえ。

ところが、駒蔵のもぐり込もうとした万年蒲団には、先に誰かが寝ているらしく、もっこりと人の形に盛り上がっている。

「こいつ、横着な野郎だぜ、おれの蒲団に寝やがって」

ますます腹を立てた駒蔵は、ぱっと掛け蒲団をまくり上げると、怒りにまかせて十《じっ》手《て》の先を打ち込んだ。

まともにくらえば、頭の鉢が割れるところだが、駒蔵はいきなり利き腕をつかまれて、引こうにも押そうにも動けなくなった。

敷きっ放しの万年蒲団から、薄汚いなりをした浪人者が、ゆっくりと身を起こした。

「相変わらず乱暴な奴だな」

どこか聞き覚えのある声に、

「あっ、先生ですかい」

駒蔵は怒りも忘れて啞然となる。

この界隈から兵馬を見なくなって、もう一ヶ月はたつだろうか。めずらしいことだ、と思いながらも、駒蔵は日々の忙しさにまぎれて、凄腕の昔なじみを忘れていた。

「しばらく厄介《やっかい》になる」

起き上がった鵜飼兵馬は、左手でつかんでいた駒蔵の利き腕を、乱暴に突き放すと、

何事もなかったかのように、

「与七は使いに出してある。まだ帰っては来ぬだろう」

駒蔵はやっと気を取り直して、

「あっしのシマで、勝手な真似をしてもらっちゃ、困りますぜ」

目明かしの縄張り根性をちらつかせる。

「実は親分に、頼みがあって参ったのだ」

兵馬は土間に転がされている薄気味の悪い菰包みを横目に見て、

「あのホトケ、素性を洗ってもらいたい」

いかにも一方的な言い方に、駒蔵は忘れていた怒りを思い出し、

「とんでもねえものを、持ち込んでくれたものだぜ」

すでに屍臭がただよい始めている菰包みを、怒りにふるえる手で迷惑そうに指さした。

「ホトケは丁重に扱わぬとな」

兵馬は駒蔵の苦情など意に介さず、土気色《つちけいろ》をした死骸に向かって手を合わせた。

「どうせ菰包みを持ち込むなら、灘《なだ》の生一本と願いてえところだ」

ふて腐れた駒蔵が、わざと冗談めかして不謹慎なことを言うと、

「あのホトケの素性がわかれば、灘の酒など思いのままかもしれぬぞ」

兵馬は謎めいたことを言って、駒蔵の欲心を擽《くすぐ》ろうとする。

「うまいことを言って、またとんでもねえ事件に、巻き込もうってんじゃねえでしょうね」

駒蔵は疑わしげに兵馬を睨みつけたが、

「いってえ何処で、こんなものを拾ってきなすったんで」

もしあっしの縄張り外に浮かんでいた死骸なら、とっとと引き取ってもらいてえ、と駒蔵は迷惑そうにたたみ込んだ。

「どこで殺されたのかは知らぬが、大川に浮かんでいた溺死体を、駒蔵の縄張り内で拾い上げたのだ。この仕事はおぬしの管轄とみるべきであろうな」

兵馬は平然として言ってのけたが、駒蔵の縄張り内などとは真っ赤な嘘、死骸にあびせられた鋭い斬り口から、ただの殺しではないと見て、嫌がる船頭を説き伏せて倉地の小舟に乗せ、竹町の渡しから駒蔵の宿まで運び込ませたのだ。

「するってえと、殺されたのは大川の上流ってことですかい」

駒蔵は死骸の傷口を検《あらた》めながら言った。

「あの大雨の日だ。かなり上の方から流されて来たのかもしれぬな」

兵馬は空とぼけた。

「そんな取り留めのねえ話じゃ、下手人を調べようにも手の打ちようもありませんぜ」

駒蔵は苦りきった顔をして考え込んでいたが、

「この斬り口は普通じゃねえ。よっぽど腕の立つ相手に斬られたに違いねえ」

あれこれと傷口を調べた末に、

「ひょっとして、このホトケを斬ったのは、先生の仕業じゃありませんかい」

意地の悪い眼をして兵馬を睨んだ。

「あるいは」

兵馬は真面目な顔をして言った。

「わしよりも腕の立つ相手かもしれぬ」

「冗談じゃねえ」

駒蔵は躍り上がるようにして死骸から飛び退《の》いた。

「下手人がそんな凄腕なら、御用に向かったあっしらは、手もなく返り討ちにあっちめえますぜ。命あってのもの種だ、この一件はなかったことにして、ホトケはすぐ焼き場送りにしなくっちゃあならねえ」

「まあ、あわてるな」

兵馬は駒蔵を制して、

「なにも駒蔵一人に押し付けるつもりはない。下手人の捕縛に向かうときは、昔のようにわしが付き合ってもよい」

頼もしげに胸を叩いてみせると、駒蔵は皮肉たっぷり、にやりと笑って、

「あっしの用心棒稼業に逆戻り、というわけですかい。しかし、あっしも賭場を畳んで、いまは御上の御用を足している身だ。昔のように手当をはずむことはできませんぜ」

つられて兵馬も苦笑いを浮かべた。

「それは承知。泊まるところと、飯を食わしてもらえればよい」

駒蔵はさすがに怪訝《けげん》な顔をして、

「そいつはいけねえや」

いかにも大袈裟に、猪首を左右に振った。

「何故かな」

兵馬は空とぼけて問い返した。

「たとえ用心棒稼業に戻るとしても、命の安売りは先生らしくもねえ。あっしが賭場を開いていた頃は、黄金色をした小判しか、受け取らなかったじゃありませんか」

いかにも情けない、という顔をして駒蔵は眼をしばたたいた。

「それは昔のこと」

兵馬は寂しげに笑った。

「いつもうまい話が転がっているわけではあるまい。一日たりとも無為徒食ができぬのは、禄を離れた浪人者の悲しさ。わしにはこの腕以外には売り物がないのだ」

駒蔵は焦《じ》れったそうに、

「いっそ、さむらいなんぞ、捨ててしまっちゃあどうですかい」

兵馬は腰の刀剣に手を添えて、

「つまらぬ意地だと思われるであろうが、これを捨てては、わしがわしでなくなるような気がする。そのために身を滅ぼすことがあろうとも、おのれの腕一本で生きてゆくのがわしの定めなのだ」

妙にしんみりとした口調になったとき、兵馬の使い走りに出ていた与七が、ばたばたと草履の尻を鳴らして駆け込んできた。

「旦那の、いや先生の、見込みどおりでしたぜ」

得意げに喋りかけたが、そこに苦虫を嚙みつぶしたような駒蔵の顔を見て、

「あっ、親分。お帰りなせえまし。お疲れさんでござんした」

駒蔵の癇癪玉が落ちるのを予感して、与七は平身低頭して親分の御機嫌を取る。

「おれは留守番を言いつけたはずだったな」

駒蔵は、妙に沈み込んだ、低い声で言った。

「へえっ」

与七はおどおどして、調子っぱずれの声を出した。

「そいつは、ここを離れちゃならねえ、という意味じゃなかったのかい」

「そのとおりで」

「おれが帰ったとき、おれの寝床にもぐり込んでいたのは、どこかの薄ぎたねえ浪人者だ。そのとき、おめえは何処にいたんでえ」

駒蔵がねちねちと与七をいたぶり始めたので、兵馬はたまらずに口を挟んだ。

「おい、おい、ひどいことを言う奴だな。おぬしの蒲団を無断で拝借したのは悪かったが、どこかの薄ぎたない浪人者、とはちと言葉がすぎようぞ」

駒蔵はみなまで聞かず、

「ただ、見たまま、感じたままを言ったまでよ。子分のしつけに、余計な口を挟まねえでもらいましょう」

兵馬の苦情をピシャリと抑えて、底意地の悪い笑みを浮かべた。

二

与七の聞き込みでは、浅草、今戸、小塚っ原と足を伸ばしてみたが、どこでも侍同士が斬り合ったという噂を聞かないという。

「そうだろうな」

兵馬は納得したように、与七の労をねぎらった。

「向島へ向かった顎六や、梅田、本木、栗原方面まで足を伸ばした磯十、豊島や、神谷まで遣《や》った捨吉も、たぶん何も聞き出すことはあるめえと思いますぜ」

「そうかもしれぬ」

兵馬はそうなることも予想していたらしかった。

「いってえ、何を考えてやがるんでえ」

とうとう駒蔵が癇癪を起こした。

「てめえら、親分のおれが何も言わねえうちから、勝手に動き回るんじゃねえ」

拳を固めてぽかりと与七の頭をこづいたが、それでも納まりきれず、暇そうな顔をしている兵馬に向かって眼を剝《む》いた。

「おれの子分を、勝手に使ってもらっちゃ困るぜ。おめえさんの物好きに、手を貸すほどの暇はねえんだ。あっしゃあ、あの大雨の中を、三日三晩にわたって駆けずり回ってきたんでぇ。猫の手も借りてえくれえのときに、そのために待たせておいた子分どもがいなきゃ、話にもならねえ。おめえさんのしたことは、御上《おかみ》の御用の邪魔、そうよ、へたすりゃ、反逆罪にもなるところだぜ」

駒蔵が癇癪を起こすと、子分どもでは手がつけられなくなる。兵馬は慣れているので涼しい顔をしているが、いつまでも好き放題に罵倒させておくわけにもいかない。

「そう怒るな。おぬしの手を少しでも省《はぶ》いてやろうという、老婆心から出たことだ。与七、顎六、磯十、捨吉に、手分けして聞き込みをしてもらったのは、この溺死人を斬殺した、下手人の見当を付けるためだ。しかし、与七の聞き込みで、江戸の市中には侍同士の斬り合いがなかったとすれば、あの死骸はどこから流れてきたものか」

兵馬はその先を考え込むかのように、ふと言葉を切ったが、眼の前に駒蔵のふくれっ面を見ると、取って付けたように言い添えた。

「ここまで調べが進んでいれば、おぬしの仕事もこれからは楽になるぞ」

兵馬の恩着せがましい言い方に、駒蔵はなおさら腹を立てた。

「あれだけの大水が出りゃ、溺死人などはめずらしくもねえ。そんな下らねえことの詮索が、この駒蔵さまの仕事であってたまるものか。あっしはいま、もっと重大な事件のために働いているんですぜ。塵芥《ごみ》のような仕事は、どこかの雑魚《ざこ》にでもまかせておきなせえ。与七はもちろん、顎六、磯十、捨吉は、いま取り掛かっているあっしの仕事に、どうしても必要とする子分どもだ。どうでもいいような水死人の詮議なんぞに、使ってもらいたくはねえのよ」

駒蔵の凄まじい剣幕に、さすがに兵馬は苦笑して、

「これ、これ、ホトケを前にして、罰当たりなことを言うものではない。それにこのホトケは、ただの水死人ではない。みごとな斬り口は、さっき検分したとおりだ。この殺しにはきっと裏がある。駒蔵親分の縄張りで起きた事件を、いくら忙しいからと言って有耶無耶《うやむや》にしては、御上の御用をあずかっている十手が泣くぞ」

なだめるような、けしかけるような言い方をすると、駒蔵はめんどう臭そうに首を左右に振り、にわかに居直ったかのような口ぶりになって、ふてぶてしい顔を兵馬に向けた。

「じゃあ、お聞きしますがね。一方では、とてつもねえ美女が、死ぬか生きるかの瀬戸際で、あっしの助けを求めているとする。もう一方には、むさ苦しい野郎が、すでに死んで腐りかけている。こちらは身ひとつだ。どっちにもいい顔はできねえ。おめえさんならどちらを選ぶかね」

「わかりやすい話だな」

兵馬は苦笑した。

「駒蔵なら、とうぜん、生きた美女を選ぶ」

はっはっは、と駒蔵は憎たらしく笑って、

「わかってりゃ、世話はねえや。そういうことだ。死骸はこのまま、焼き場送りということさ」

「しかし、それでは、証拠隠滅という罪になる。御上から十手をあずかっている駒蔵親分が、そんなことをしていいのかな」

駒蔵は、ふふん、と鼻先で笑って、

「どんな事件にも、そいつを取り調べる側の好みってものがあらあな」

先生はどうも、世間知らずでいけねえ、と嘯《うそぶ》いた。

「もう、腹が減って、どうにも動けねえ」

そのとき、向島へ聞き込みに行っていた顎六が、ふらふらした足取りでもどってくると、精も根も尽き果てたように、へたへたと土間の入口に座り込んだ。

「御苦労であった。ところで、どこかで斬り合いがあったという噂は聞かなかったか」

兵馬が性急に問いかけると、顎六はだらしなく顎を出して、

「それよりも、何か食わせてくだせえ。なんせ向島は泥の海だ。膝まで泥水につかって、歩くのも難儀なうえに、町中が泥をかぶって、食うものも飲み水もねえ始末だ。

殺しの噂なんか聞いている暇はありゃしませんや」

見れば顎六の膝から下は泥だらけで、尻っぱねでも跳ねあげたのか、背中や髷にまで泥が飛んでいる。

与七はおろおろして、顎六に柄杓《ひしゃく》ごと水を飲ませると、何か残り物でもないかと、すっかり闇が下りた台所を、ごそごそと捜し始めた。

「らちもねえことで、へたり込んでどうする。てめえには、これからしっかりと働いてもらわなきゃならねえのだ。とっとと井戸端にでも行って、その薄汚れた面《つら》を、洗い直してきやがれ」

せっかく納まりかけていた駒蔵の癇癪が、疲労困憊して帰ってきた顎六を見たとたんに、またまた炸裂してしまった。

「先生よ。いきなりあらわれて、あっしの仕事の邪魔をするのは、いい加減やめてもらえねえかい。おめえさんの使い走りをさせられたお陰で、こいつらは当座の使いものにならねえ身になった。さらに遠出をした、磯十や捨吉も、くたぶれすぎて役には立たねえだろう。こう見まわしたところ、元気そうなのはおめえさんしかいねえようだ」

駒蔵はじろじろと兵馬を前後から見まわして、

「お世辞にも使いやすいお人とは言えねえが、この際は仕方あるめえ。おめえさんが潰《つぶ》してしまった子分どもの代わりに、たっぷりと働いてもらうしかねえが、まさかこの段になって、文句はねえだろうな」

頭から決めつけるように言い放った。

三

下手人捜しの聞き込みは、手慣れた子分たちに任せた方がいい、と思った兵馬は、土間に転がっている菰包みの死骸を、気味悪がる与七に無理やりあずけ、駒蔵に促されるまま、浅草の新寺町通りに足を運んだ。

ところが駒蔵は、車坂町を通り過ぎても足を休めず、泰宗寺、広徳寺の門前を通り越して、常照院に突き当たる丁字路を左に曲がった。

「おいおい、縄張りをうるさく言うわりには、これから向かう先は、おぬしの管轄するところから、だいぶ離れているようだが」

いまだに不機嫌そうな顔を改めようとしない駒蔵に向かって、兵馬は遠慮がちに声をかけた。

「あっしの縄張り内で起こった事件を、足を棒にして調べ回っているうちに、どうやら谷中《やなか》方面が怪しい、と見当をつけたのさ。いま、あっしは考え事をしているんだ。黙って付いてきてもらえねえかい」

駒蔵にも、考えることなどあるのだろうか、とつい噴き出しそうになりながらも、兵馬は込み上げてくる笑いを嚙み殺して歩き続けた。

「何も聞かねえんですかい」

東叡山寛永寺境内の南端を廻って、夕闇に沈む不忍池《しのばずのいけ》の端まで出たとき、駒蔵はいきなり不満そうな顔をして、兵馬に突っかかってきた。

「与七や顎十の代わりに、駒蔵のもとで働かねばならぬ羽目になった身だ。親分から黙っていろと言われては、何も喋れようはずがないではないか」

不忍池に群れている水鳥を眺めながら、兵馬はのんびりとした口調で皮肉を言った。

「嫌味なことを、言わねえでくだせえ。なにも先生を子分なみに扱おうなどと、思っているはずはねえじゃありませんかい」

気を取り直したのか、あるいは機嫌を直したのか、めずらしく駒蔵は下手に出た。

「寝るところと、食うものが与えられたら、たいがいなことでは文句など言わぬ」

「それじゃ、こっちが面白くねえ」

駒蔵は仏頂面をして言い返した。

「あっしは、先生の臍《へそ》曲がりぶりが気に入って、賭場の用心棒に雇ったことがあるくれえ度量の広い男だが、あんまり真っ当なことを言われちゃ、いつもの調子が狂っちまわあな」

駒蔵は急に心配そうな顔をして、よれよれの格好をした兵馬の姿をまじまじと見た。

「よく見れば、だいぶ薄汚れたなりをしていなさるが、ほんとうに住むところがねえんじゃあ、ねえでしょうな」

「ご推察のとおりだ」

兵馬は苦笑した。

「目下のところ、住むところもなければ、食うことも叶わぬというところか。あまり気の向かぬ駒蔵の宿などへ転がり込んだのは、諸事に窮してのことだと思ってくれ」

それを聞いた駒蔵は、いきなり弾《はじ》けたように笑いだした。

「冗談を言っちゃあいけねえ。先生ほどの腕を持ちながら、食うに困るなんてことが、あるはずはねえ。悪ふざけにもほどがありますぜ」

どうかな、と兵馬は呟いた。

「腕だけでは、どうにもならぬこともある」

ぬらりくらりとした兵馬の言い方に、駒蔵はむかっ腹を立てたらしかった。

「臍曲がりもいい加減にしなせえ。正直者のあっしをからかうのが、そんなに面白れえんですかい」

正直者が聞いてあきれる、と思いながら、兵馬は素っ気なく言った。

「駒蔵を面白がらせるために、好んで貧乏になるほど酔狂ではない」

へっ、そうですかい、と駒蔵は不満そうに鼻を鳴らし、

「まあ、そのことは、どうでもようござんすがね」

話をもとに引き戻そうとした。

「ところで、谷中の方面に何があったのか、聞きたくはねえんですかい」

「駒蔵が扱うのは、どうせ、ろくでもない事件であろう。聞きたくもないな」

「なんだって、素直になれねえんだい」

　駒蔵はむかっ腹を立てたが、兵馬が相手では怒っても仕方がない、と思い直したのか、懐からくしゃくしゃになった懐紙を取り出した。

　皺だらけの懐紙には何かが包まれているらしい。

「こいつを見りゃあ、いくら気取ったおめえさんでも、どうしたものかと、聞きたくもなるだろうぜ」

　駒蔵は狡猾そうな眼付きになって、チラチラと兵馬の顔を盗み見ながら、わざとのろのろした手つきで、懐紙の包みをほどいてゆく。

「それは」

　豪華な金襴《きんらん》で作られた匂　袋《においぶくろ》だった。

「また、駒蔵らしからぬ物を」

　兵馬が呆気《あっけ》にとられていると、駒蔵は得意げに鼻をひくつかせた。

「伽羅《きゃら》の香りに、これを身に着けていた美女の肌の匂いが溶け合って、この世のものとも思われねえ、いい匂いがするんでござんすよ」

　うっとりとした顔をして匂袋の移り香を嗅いでいる駒蔵を見て、

「気色《きしょく》が悪い。いったい、どうしたというのだ」

こやつ、おかしくなったのではないか、と兵馬は本気で心配した。

「手掛かりと言えば、これだけしかねえが、あっしはついに、こいつの出所を突き止めましたぜ」

金襴の匂袋を、のろのろと懐紙に包み直しながら、駒蔵はちらちらと兵馬の顔を盗み見るようにして得意げに言った。

「さっぱり話がわからんな」

目明かしの直感だけで動いている駒蔵には、いつも話の脈絡というものがない。

「わかんねえんですかい」

駒蔵は小馬鹿にしたような顔をして兵馬を見た。

「こいつは拐《かどわ》かしに、決まっているじゃありませんか」

三日前のこと、編笠で顔を隠した武士たちの一団が、中に挟んだ女駕籠《かご》を守るようにして、吾妻橋を渡るのを見た。

あやしいと思った駒蔵は、女駕籠の中を検《あらた》めようと近づいたが、どこか大藩の家中ではないかという遠慮もあって、じっと注視するだけにとどめた。

すると御簾《みす》を下げた女駕籠の引き窓がわずかに開いて、ぞっとするほど美しい女が、何かを訴えるような眼をして駒蔵を見たという。

「そんなはずはなかろう」

兵馬はこらえきれずに笑いだした。

「いくら隅田川のほとりとはいえ、今業平《いななりひら》にでもなったつもりか」

大川端の今戸町、銭座、橋場町のあたりは、『伊勢物語』に出てくる都鳥《みやこどり》の名所として知られている。

「名にし負はば、いざこと問はん、都鳥、わが思ふひとは、ありやなしやと」

兵馬がふと口にした古歌を聞いて、駒蔵はまたまた臍を曲げた。

「何でえ、そのナリヒラてえのは」

おれの知らねえことを言うな、と駒蔵は本気で腹を立てているらしい。

「昔の読み本に書かれているという色男のことだ」

それを聞いた駒蔵は、憤然として食ってかかった。

「あっしをからかっているんですかい」

駒蔵は柄《がら》にもなく、自分の醜貌を気にしているらしい。

さすがに兵馬も気の毒になって、

「絶世の美女に、色眼を使われたというからには、そのときの駒蔵には、業平の霊魂が乗り移っていたのかもしれぬではないか」

苦しい言い訳をしてみたが、何故か駒蔵はすぐに納得して、

「そうかもしれねえ」

眼の色にあらわれた女の訴えを、すばやく読み取った駒蔵が、わかった、と眼で合図を送ると、女はかすかに頷いて、引き窓の隙間から何か目印になる物を落としたようだった。

「女駕籠から落とした物であれば、警護の武士たちが気づかぬはずはなかろう」

兵馬が不審げに問い返すと、駒蔵は真顔になって、

「暮れ六つの鐘はとうに鳴り終わって、大川端のあたりは薄闇に沈んでいたと思いねえ。先を急いでいるらしい連中が、小さな目印を見落としたとしても無理はあるめえ」

それでは女駕籠の中までが見えるはずはない。乗っていたのが美女か醜女《しこめ》かもわかるまい、と兵馬は思ったが、駒蔵の夢を壊さないよう黙っていた。

「連中が足早に駆け過ぎたあと、女駕籠が通った地面を捜してみると、薄闇の中にキ

ラリと光っていたのがこの袋さ」

　駒蔵は懐紙に包んだ金襴の匂袋をひらひらさせて、

「手掛かりはこれひとつだ。今日まで丸三日というもの、あちこちと聞き込みを続けて、ようやく女駕籠のゆくえを捜し当てたぜ」

　いかにも得意げに、低い鼻をひくつかせてみせる。

「さすがは駒蔵親分、と言いたいところだが、そのような物を拾っている暇があったら、あやしい女駕籠の後をつけていった方が、手っ取り早かったのではないかな」

　兵馬が素朴な疑問を口にすると、

「ケッ、だから素人は困るぜ」

　駒蔵は吐き捨てるように言った。

「あやしいと思っただけで、いちいち後をつけていたんじゃや、この広いお江戸に岡っ引きが幾人いたって足りやしねえよ。第一、証拠の品でもねえ限り、引っくくることだってできやしねえ。まず物証を押さえてから捜査に入るのは、理の当然ってものじゃねえか」

「さすがだな。で、その匂袋から何か証拠となるものをつかめたのか」

兵馬が一歩ゆずると、駒蔵はすぐに機嫌を直したが、

「何もねえ」

情けない顔をして、いまいましそうに舌打ちした。

「急いで金襴の袋を開いてみたが、中に秘密の書き付けが入っているわけではなかった。伽羅の香りと、かぐわしい肌の匂いがしただけさ」

やれやれ、と兵馬は溜め息をついて、

「それでは事件とは言えぬな。ひょっとしたら、よほど退屈していた性悪女《しょうわるおんな》に、いいようにからかわれただけなのではないのか」

大川の氾濫で、下町が深刻な水害に苦しんでいるこの時期に、御上から十手をあずかっている岡っ引きが、取り留めもない妄想に踊らされて、三日間も持ち場を離れていたとはあきれた話だ。

兵馬が興味を失ったらしいのを見て、駒蔵は急にあわてだした。

「おっと、人の話は最後まで聞くものだ。金襴の布地がどこで誂《あつら》えられた物かさえわかりゃあ、手掛かりがつかめねえわけはねえ、とあっしは踏んだね」

「それはそうだが」

兵馬が気のない返事をすると、駒蔵は不平そうに鼻を鳴らした。

「張り合いのねえお人だな。あっしの話を聞きたくねえってんですかい」

「ところで、腹がへった」

兵馬はいきなり空きっ腹を抱えてしゃがみ込んだ。

「実は、一昨日から何も食ってはおらぬのだ。駒蔵の怒鳴り声は空きっ腹に響く。話の続きは腹を満たしてからにしよう」

駒蔵はあきれ顔をして兵馬を見た。

「そこまで困っているとは思わなかったぜ。つまらねえ意地を張りやがって。そういうことなら、何だってあっしのところへ来なかったんでえ。まったく情けねえ話だぜ」

兵馬は苦笑した。

「いや、おぬしの世話にだけは、なりたくなかったのだ」

へん、意地っ張りめ、勝手にするがいいや、と罵りながらも、駒蔵は薄暗い提燈《ちょうちん》が灯っている岸辺の食い物屋に眼を付けると、兵馬を引きずるようにして、蕎麦屋、と染め抜かれた粗末な暖簾をくぐった。

「それが驚いたことに、駕籠の女が落とした匂袋は、おめえさんもよく知っていなさる葵屋《あおいや》吉兵衛《きちべえ》の店で、特別に誂えた物だったんで」

いきおいよく蕎麦をすすりながら、駒蔵はいかにも勿体《もったい》ぶった言い方をした。先ほどから、そのことを話したくて、うずうずしていたらしい。

「吉兵衛と駒蔵が絡めば、ろくなことはない。また、よからぬことを、企んでいるのであろう」

兵馬はうんざりしたように言った。

日本橋富沢町に、大店《おおだな》を構えている葵屋吉兵衛は、兵馬があまり会いたくないと思っている男の一人だった。

水妖となって死んだ津多姫とのかかわりもある（既刊①『孤剣、闇を翔ける』及び既刊②『水妖伝』参照）。吉原の振り袖新造・薄紅《うすべに》と、女俠客のお艶に、怪しげな『伴天連《ばてれん》の夢移し』を仕掛けた張本人でもある（既刊③『吉原宵心中』参照）。

「いや、葵屋吉兵衛は、この件に直接かかわりはねえ」

その辺の調べはついているらしく、駒蔵はめずらしいことに吉兵衛の肩を持った。

「吉兵衛の店へは、また金でも強請《ゆす》りに行ったのか」

これまでの因縁から、葵屋が駒蔵の金づるになっていることは確かだろう。

「あんまり人聞きの悪いことは言いっこなしだぜ。あっしが地道な聞き込みを重ねて、ようやく辿り着いた先が、たまたま葵屋という呉服商だっただけの話さ」

さっさと蕎麦を食い終わった駒蔵は、ゆっくりと楊枝を使いながら、すまし顔をして言ったものの、はたしてどうかな、と兵馬は疑わしく思っている。

「それにしても、あやしい取り合わせだな」

葵屋吉兵衛の女好きは、ただの色欲を超えて、かなりあぶない領域にまで入っている。

「女のこととなれば、金に糸目を付けない吉兵衛だが、今度は武家の後家にでも手を出したのであろう。そのようなことには、あまりかかわらぬ方がよいぞ」

大盛りの笊《ざる》蕎麦を、立て続けに五枚も平らげた兵馬は、ようやく箸を休めて一息つくと、めんどくさそうな顔をして駒蔵に忠告した。

「テッ、しょうがねえな。あっしの話は、何も聞いちゃあいなかったのかい。はじめから、こいつは拐かしだ、と言っているだろうが」

駒蔵はとうとう癇癪を起こした。

「そう怒るな。ともかく用心棒として雇われたからには、おぬしに対しては義理がある。せめて蕎麦代くらいの働きはしてやろう」

兵馬は軽くなだめてみたが、黙って蕎麦を食っていた客たちは、いきなり怒鳴りだした駒蔵の剣幕に驚いて、小腰を屈めたまま、こそこそと逃げ出した。目明かし駒蔵の悪名は、このあたりまで響き渡っているらしい。

「大した威勢だな」

人っ子一人いなくなった蕎麦屋の土間を見廻して、兵馬は感心したように言った。

「駒蔵親分が立ち寄るところ、悪人どもは寄りつくまい」

「おめえさんみてえなお人以外はな」

駒蔵は満更でもない顔をしながら、なおも兵馬を睨みつけて嫌味を言った。

「それでは、めでたく手打ちということで一杯やろう」

兵馬が蕎麦屋の親爺に酒を出すように注文すると、さすがの駒蔵も愕然として、兵馬の顔を穴の開くほどじろじろと見た。

「おめえさん、ずいぶんと意地汚くなりなすったね」

駒蔵の知っている兵馬は、金には綺麗な男で、人の懐を当てにして、しみったれた酒をせびるようなことはなかった。

「窮すれば鈍す、というところか」

兵馬は照れたように笑った。

「宿無しになって、初めてわかったことがある。食えなくなれば野良犬と一緒だ。たとえ危険だとわかっていても、餌のあるところへ群れ集まる」

駒蔵は憮然として、

「ヘッ、聞きたくもねえや。そのくれえなことは、長屋の餓鬼だって知ってらあな。あっしはね、おめえさんほどのお人が、そこまで落ちぶれることはねえ、て言いてえんだよ。つまらねえ意地を張って、てめえ勝手に身を落とし、しかも挙げ句の果ては、畜生なみの意地汚さを身につけるたあ、まったく笑うに笑えねえ、面白すぎる阿呆話だぜ」

親爺が持ってきた冷や酒を、乱暴にひったくると、まるで自棄になったように、手酌でグビグビと飲み始めた。

「おぬしが荒れることはあるまい。宿無しになって困窮しているのは拙者なのだ。なんならおぬしも、貧乏暮らしを試してみぬか。無一文になるのもいいものだぞ」

駒蔵からお銚子を取り上げると、兵馬は残っていた酒を一息に飲み干した。

「ケッ、願い下げだぜ」

吐き捨てるように言うと、駒蔵は兵馬からお銚子を奪い返したが、中身はすでに飲まれていて、逆さにして振っても一滴の酒もない。

「親爺、酒だ。あるだけ持ってこい」

駒蔵の怒鳴り声に、蕎麦屋の親爺はもっそりとした声で答えた。

「他に客もいねえことだし、もう看板にしてえと思いますが」

「チッ、嫌味な親爺だぜ。おれたちは客じゃねえって言うのか」

「そうは申しておりませんが、先ほどからお話を伺っていると、宿無しだの、無一文だのということばかり。おアシを払ってもらえないようでは、あたしらは商売になりません」

「盗み聞きしてやがったのかい。クソッ、この業突《ごうつく》張り野郎め」

駒蔵は懐から財布を取り出し、すり切れた穴あき銭を鷲づかみにすると、蕎麦屋の親爺の額めがけて、バラバラと投げつけた。

「乱暴なお人だ。さて、勘定が足りますかな」

親爺は飛来する銭を除けもせず、足下に転がった銭をゆっくりと数え始めた。

「五文がほど足りませんが」

親爺は顔を上げてにんまりと笑った。

「そうかい。ケチなことは言わねえ。財布ごと持っていきやがれ」

手垢にまみれた縞の財布を投げつけると、駒蔵は憤然として席を蹴った。

「おぬしも拙者と同じ無一文になったな」

兵馬は込み上げてくる笑いを押し殺しながら、駒蔵の後を追って外に出た。

五

不忍池はすっかり闇に包まれて、真っ黒く沈んだ暗い森の上空に、うそ寒く光っている星の瞬きが、ほろ酔いかげんの眼にぼんやりと映った。

「さて、匂袋のことだが」

人気《ひとけ》のない葦原に出たとき、兵馬は低い声で先ほどの話を蒸し返した。

「興味がなさそうな顔をして、やはり気に留めていなすったんですかい」

すぐに駒蔵が乗ってきた。

「もうすこし詳しく聞かせてもらえまいか」

えっ、と意外そうな顔をして聞き返す駒蔵に、用心棒稼業はわしの仕事だからな、と兵馬は真顔で言い添えた。

「さっきはあっしも言いすぎた。はじめからそう言ってもらえば、あっしだって悪いようにはしませんぜ」

夜風に吹かれて酔いが醒めたのか、駒蔵は柄《がら》にもなく恐縮している。

「気づかなかったのか」

兵馬は鋭い眼をして言った。

「あの、胸くその悪くなるような親爺ですかい」

はっ、としたように、駒蔵は急いで問い返した。

「駒蔵の声は大きすぎる。人中では滅多なことを喋らぬ方がよい」

「あの野郎、妙な親爺とは思ったが、やっぱり、あやしい奴だったんですかい」

そうと知っていたら引っ括《くく》って、と蕎麦屋まで取って返そうとする駒蔵を、兵馬は苦笑しながら引き留めた。

「いつまでも同じ場所にいるような男ではない。行ったところで無駄だろう」

「あの野郎、蕎麦屋の親爺じゃねえんですかい」

「蕎麦屋になったり、香具師《やし》になったり、あるときには、白塗りの夜鷹にだって化けてみせる手合いだ」

「それと知って見逃したんですかい」

駒蔵は不満そうに鼻を鳴らした。

「いまは敵でもなければ味方でもない。女駕籠のゆくえ次第で、いずれに転がるか、わからぬ相手だが」

闇の向こうを透かし見ながら、ゆっくりとした口調で兵馬は言った。

「気をつけるに越したことはない」

駒蔵は無意識に兵馬の視線を追ったが、前方に横たわる闇の底に、黒い影が動くのを見て、いきなり素っ頓狂な声をあげた。

「野郎、さっそく来やがったぜ」

ジタバタしやがったら、有無を言わさず縛り上げてくれよう、と懐から取り出した十手を握りしめた。

「あわてるな。あの男ではない」

兵馬は闇の中を透かし見て、

「このまま素知らぬ顔をしてやり過ごすのだ」

いつになく慎重なようすを崩さない。

「先生らしくもねえ。それほど怖ろしい相手なんですかい」

駒蔵は呆気にとられた顔をして問い返した。

「そうだ。恐ろしい奴だ」

兵馬はゆっくりと頷き返しながら、左手の親指をそっと滑らせて、腰に帯びていた助廣の鯉口を切った。

不忍池をわたる風に吹かれて、ゆらゆらと葦の葉が揺れる。

岸辺に沿って、わずかに屈曲している暗い小径《こみち》は、行く手を葦原にはばまれて、そこだけ縊《くび》れたように細くなっている。

「野郎、あんなところに立ち塞《ふさ》がりやがって」

駒蔵は小声で呟いたが、兵馬は無言のまま、闇の中を滑るようにして歩を進めた。

「あぶねえ。野郎はやる気だぜ」

闇の中で待ち受けていたらしい男は、駒蔵にもわかるほど凄まじい殺気を放っている。

「野郎、ふざけやがって」

カッとなって飛び出そうとする駒蔵を、

「離れていろ」

兵馬が背後に突き飛ばしたとき、まるでその瞬間を待ち受けていたかのように、闇の中にひそんでいた男の身体がゆらりと揺れた。

男はそのまま兵馬に向かって真っ直ぐに歩いてくる。

「いけねえ」

駒蔵は思わず眼を覆った。

闇の中に白刃がきらめき、血しぶきが飛び散る情景を、両の手で押さえた瞼の裏に思い描いた。

そのとたんに、どっと冷や汗が噴き出て、駒蔵は頭の中が真っ白になった。

「もう駄目だ」

おそるおそる眼を開いて、闇の向こうを透かし見たが、駒蔵の予期に反して、二人のあいだにはまだ何事も起こってはいないらしい。

兵馬と闇の男は音もなく接近した。

あぶねえ、と縮みあがった駒蔵の恐怖が、まさに極点まで達したとき、

「かたじけない」

短く礼を言うと、これまで凄まじい殺気を放っていた男は、その一瞬、何事もなかったかのように、兵馬の傍らをゆらりとすり抜けた。

兵馬が半歩だけ道を譲り、それと覚った相手も半歩ほど道を避けて、互いに入り身の体勢のまま、細い小径が通っているだけの狭い葦原をすれ違ったのだ。

「どうなすったんで」

無言のまま通り過ぎてゆく男の後ろ姿を、呆然として見送っていた駒蔵は、どっと流れ出る冷や汗も拭わず、よろめくようにして兵馬のところへ駆け寄った。

「血の匂いがする」

ぽつりと一言だけ呟いた兵馬の額には、先ほどまでは見ることのなかった脂汗が光っている。

「いったい何があったんです」

暗い星明かりのもとで、どのようなことが起こったのか、駒蔵には理解することができなかった。

これまでも幾度となく、生死の境をくぐり抜けてきた兵馬は、通りすがりに命の遣り取りをするほど未熟ではない。

抜き打ちを掛けられる寸前に、兵馬はわざと半歩だけ道を譲って、相手がどう出るかを見た。

その一瞬に、どう対応するかを見れば、たとえ剣を抜き合わせなくとも、相手の力量を計ることができる、と兵馬は思っている。

恐ろしいほどの遣い手だ、とあらためて舌を巻いたのは、とっさに繰り出した兵馬の動きを、相手もまた見抜いているらしく思われたからだ。

刀身はついに鞘を離れることはなかったが、二人が狭い小径ですれ違った瞬間には、真剣での斬り合い以上に、激しい闘いがあったと言ってよい。

「斬られるかもしれぬ、と思ったのは初めてのことだ」

手の甲で額の汗を拭いながら兵馬は言った。

「そんなに凄え奴だったんですかい」

駒蔵は恐ろしそうに首をすくめた。すれ違っただけで兵馬が脂汗を流すほど、腕の立つ遣い手になど出会ったことはない。

「あの男が来たのは、谷中の方面からだ。嫌な予感がする」

何を思ったのか、兵馬は葦原が続く闇の中へ足を踏み入れた。

「待ってくれ。あっしには、まだわけがわからねえ」

兵馬の後を追って、小走りに駆けながら、駒蔵はぶつくさと文句を言っている。

「あの男、血の匂いがしていた」

兵馬は低い声で呟いたが、駒蔵を気遣《きづか》って足をゆるめることはなかった。

「殺しですかい」

ようやく兵馬に追い付いて、駒蔵は息をはずませながら言う。

「たぶんな」

「野郎、やっぱりあのとき、ふん縛っておくべきだったぜ」

駒蔵はいつものように虚勢を張ってみたが、先ほどの場面を思い出しただけでも、ガクガクと膝頭がふるえてくる。

「すでに調べがついているなら、できるだけ手短に答えてくれ。女駕籠に乗っていた女、葵屋吉兵衛に誂えさせた匂袋、駒蔵が突きとめたという谷中のさる屋敷。この三つを繋ぐものは何か」

足をゆるめることなく、兵馬は後から付いてくる駒蔵に声をかけた。

「それよりも、あっしらは何処へゆくんですかい」

「拙者にそれを聞いてどうする」

兵馬は振り向きもせずに言った。

「おぬしが三日前に見たという、駕籠に乗っていた女のところに決まっておろう」

六

谷中三崎町、福正寺の離れに踏み込んだ兵馬と駒蔵は、むせ返るような血の匂いに、思わず鼻を覆った。

「遅かったか」

兵馬は無念そうに唇を噛んだが、駒蔵は悔しさのあまり気が動転していた。

「ええい。あのとき蕎麦など食わず、すぐに駆けつけてさえいりゃあ」

離れは庫裡《くり》からは遠く、まだ福正寺の坊主たちは、何が起こったか気がついてはいないらしい。

「この匂い、一人のものではあるまい」

足裏にぬるりとする気色の悪い感触を覚えて、兵馬は油断なく周囲に眼をくばったが、あたりにただよっている血の匂いの他に人の気配はなかった。

「暗い。灯りはないのか」

庫裡の離れには漆黒の闇が領していた。この暗闇の中で、何が起こったのか。

「寺の坊主どもを叩き起こして、灯りを持って来させますかい」

飛び出そうとする駒蔵の袖を捉えて、

「待て。へたな騒ぎは起こさぬ方がよい。室内には行燈《あんどん》があるはず」

「それじゃあ、あっしが」

部屋に踏み込もうとした駒蔵は、暗闇の中で血まみれの死体を踏みつけて、ギャッと叫んだ。

「これ、声を立てるな」

兵馬は怖《お》じ気《け》づいた駒蔵を押し退《の》けて室内に入った。すると庭先に立ち籠めていた血の匂いとは違う、馥郁《ふくいく》とした香りが鼻孔に触れた。

「香《こう》を焚《た》いているらしい」

何故だろう、と不審に思いながら、手探りで丸行燈を探り当てると、兵馬は切り火を打って火を入れた。

ほの暗い行燈の明かりの下に、赤黒い血しぶきが飛び散っている室内が、ぼんやりと照らし出された。

「こいつはひでえや」

駒蔵は息を呑んだ。庭先に一人、濡れ縁に一人、刀を抜きかけたまま斬り伏せられた武士が、血まみれになって転がっている。

兵馬はその場に屈み込むと、男たちの鼻のあたりに掌を翳《かざ》して生死を確かめた。

「すでに息は切れておる。刀を抜きあわせる隙もなく、ただ一刀のもとに斬り捨てられたものらしい」

凄まじい剣さばきだ、と兵馬は舌を巻いたが、鋭い斬り口を確かめてさらに驚嘆した。

「これは」

兵馬が思わず絶句すると、駒蔵は急にそわそわと慌てだした。

「なんでぃ。びっくりさせるじゃねえか」

兵馬は死骸の上に行燈の灯をかざして、

「この斬り口を見て、何も気づかぬか」

左袈裟《けさ》懸《が》けに斬られた死体に、他の斬り口はない。ただの一刀で絶命したらしい。

しかし兵馬が言っているのはそのことではなかった。

「この者たちを斬った下手人は、駒蔵の家の土間に転がっている死骸を斬った男と、同じ剣を遣うらしい。駒蔵親分なら、この符合を何と解く」

兵馬に問いかけられても、駒蔵は他に何か気が急《せ》くことがあるらしく、めんどくさそうに吐き捨てた。

「ただの偶然に決まっているさ。それよりも心配なのは駕籠の女だ」

駒蔵は落ち着かないようすで奥の間へ踏み込んだ。そこにはさらに暗い闇があった。

「何も見えやしねえ。先生、行燈を貸してくれねえか」

仄《ほの》暗い行燈の灯りでは、室内の隅々まで照らすことはできない。駒蔵は薄闇の中でじっと眼を凝らしていたが、

「ひぇ――」

と叫んで飛び退《の》いた。

「いかがいたした」

背後から兵馬が問いかけても、駒蔵は呆けたように口を開いたまま、闇の中の一点を指さしている。

兵馬は駒蔵の指さしている暗闇に眼を向けた。

薄闇の中に白い顔が浮き出ている。

御殿女中風の髪型をした美しい女で、畳の上に静かに横たわっている。

人形のように見開かれた眼に光はなかった。

「お女中。気をしっかり持たれよ」

兵馬が近づいても女は身動きひとつしなかった。着物の裾がわずかに割れて、柔らかそうな白い脛《はぎ》を見せていたが、帯に乱れはなく、襟元もきちんと合わされている。

揺り起こそうとした兵馬は、諦めたように手を離した。女が横たわっている畳にはどす黒い血溜まりができている。

その血が女の身体から流れ出たものであることを、疑うことはできなかった。血はまだなま温かかったから、死後それほどの時を経ているとは思われない。

「駒蔵が見たという駕籠の女とはこの人のことか」

兵馬はその場に立ちすくんでいる駒蔵に問いかけた。

「なんてことを。なんてことに」

駒蔵はぶつぶつと同じことを呟きながら、薄闇の中から仄かに浮かび上がる女の死顔を見つめている。

「それにしても、解《げ》せねえ」

駒蔵はしきりに首をひねっている。殺された女の死顔が、微笑を浮かべているように見えたのだ。

「たしかに、これは斬殺された者の表情ではないな」

兵馬もそのことが気になった。

「この香りはなんです」

いまごろになって、駒蔵はようやく香の匂いに気づいたようだった。

「何者の仕業か知らぬが、香が焚かれているらしい」

薄闇の中ではそれと見えなかったが、女の枕辺には青磁の香炉が置かれ、そこからほんのりと白い煙が立ちのぼっている。

死者に手向《たむ》ける香華《こうげ》のつもりか、と兵馬は思ったが、濡れ縁に転がっている斬殺死体への扱いと比べて、あまりにも違和感がありすぎる。

「それにしても、わからねえ」

駒蔵はようやく岡っ引きらしさを取り戻したらしく、

「この女、まるで笑っているように見えますぜ」

死骸の傍らに屈み込んで傷口を調べ始めた。

「この女は何者なのか。何故このようなところに忍んできたのか。そして殺された理由は何なのか。もちろん駒蔵の調べはついているのであろうな」

それにしてもあの男、と兵馬は思った。不忍池の畔《ほとり》ですれ違ったのはあいにく闇の中で、相手の容貌を知ることはできなかったが、あのときの血の匂いは……。

刀を抜かせるべきであったか、と兵馬は悔やんだ。そうすれば、刀身に血曇りがあるかどうかを確かめることができたはずだ。

青磁の香炉から立ちのぼる白い煙を眺めていた兵馬は、

「これは、たしか……」

馥郁とした香のかおりに覚えがあった。

「駒蔵、あの匂袋を出してくれ」

「なんでまた、いきなりこんなところで」

しぶしぶと駒蔵が取り出した金襴の匂袋を鼻に当てると、

「やはり、これと同じ匂いだ」

兵馬は思わず叫んだ。

殺された女の枕辺で焚かれている香の匂いは、駕籠の女が落としていったという匂袋の香りと同一のものだった。

何故なのか、と兵馬は思わず唸った。

死微笑を浮かべた美しい女の死顔を見ていると、この事件に関する不可解な謎は、いよいよ深まってゆくばかりだった。

無宿人狩り

一

両国橋のたもとで炊《た》き出しがあるそうだ、と嬉しそうに声をかけてきたお人好しがいる。

「行って並んでみねえか」

一晩三文の安宿を世話されたのが縁で知り合った、奥州無宿の五助《ごすけ》という男で、五年前に潰れ百姓になって江戸へ出てきたが、やることなすこと裏目に出て、いまは仕事も住むところもなく、いつもは橋の下をねぐらにしているという。

「あちらの方面は鬼門でな」

薄汚れた筵《むしろ》床《どこ》に寝ころんだまま、兵馬が困ったように苦笑いを浮かべると、奥州無宿はむきになって、

「そんなことを言ったって、おめえ。背に腹はかえられねえぜ。見ればおめえさんには、手持ちの銭もねえようだし」

貧乏人同士の勘で、兵馬が無一文だということを見抜いているらしい。

「たまたま賃仕事でもあって小銭が入りゃあ、どうにか屋根の下に寝ることもできるが、いつもは橋の下で我慢するしかねえ身だ。炊き出しの粥《かゆ》を只ですすれるとなりゃあ、鬼門も福門もねえぜ」

宿と言っても、隙間だらけの板囲いに、雨漏りでもしそうな藁葺き屋根が付いている粗末な造りで、十畳ほどの板敷きに筵を敷いて、そこに十人でも二十人でも詰め込んで雑魚寝をさせる。夜中になれば、互いの鼾《いびき》がやかましくて、とても安眠をむさぼれるようなところではなかった。

「贅沢《ぜいたく》を言っちゃいけねえ。どんな安普請でも、橋の下でヒタヒタと寄せる水の音を聞いて寝るよりはずっとましさ。それに近頃は無宿人狩りが厳しくなって、野外でおちおち眠ってなどいられねえ御時世だぜ」

奥州無宿はしきりにありがたがっているが、兵馬はこの安宿に泊まったことを後悔していた。鼾がうるさいのは我慢するにしても、雑魚寝の部屋に立ち籠めている垢と汗の混じった異臭には堪えられないものがある。

駒蔵のところへ泊まるよりは、よほど気楽だと思って、この安宿にもぐり込んでみたのだが、すっかり当てが外れてしまった。

しかも、よりによって、妙な男から気に入られてしまったらしい、と兵馬は苦笑せざるを得ない。

賭場の用心棒をしていた頃には、博徒どもから蛇蝎《だかつ》のように恐れられていた兵馬に、この男は、気安く声をかけてきたばかりか、無宿人の新入りと見て、あれこれと世話を焼きたがる。

まあ無理もないか、と兵馬は自嘲した。長い浪人暮らしはしていても、身なりには気を配ってきたつもりだが、ふらりとお艶の家を出て、安宿から安宿へと渡り歩いているうちに、着ている物も見るからにみすぼらしくなり、衿や袂も垢じみて、無宿人特有の異臭を放つようになっているらしい。

奥州無宿の五助という男が、もし兵馬に親しみを覚えたとしたら、明らかに無宿人仲間とみたからで、もと武士だとか、もと百姓だとかいう身分の差は、ほとんど念頭にはなかったに違いない。

ねぐらを探しあぐねていた兵馬を見かねて、この格安のあばら宿に連れてきたのも、同病相憐れむゆえの親切心からだろう。

無宿人としての心得や知識を、どこか物慣れないこの男に、伝授してやろうという親切心が、このお節介な男にはあるらしい。

「今夜はゆっくりと休むがいいぜ」

兵馬を安宿まで案内してきた五助は、帳場の前まで来てくるりと背を向けた。

「どこへ参るのだ」

兵馬が意外そうに問いかけると、奥州無宿は寂しそうに笑って、

「いつもの橋の下で寝るのさ。こんなところでぐずぐずしていたら、今夜の寝場所を誰かに取られてしまうからな」

それを聞いた兵馬は、とっさに財布の中身を確かめると、

「待て。おぬしの宿料くらいはここにある。せっかく案内してくれたこの宿、おぬしも一緒に泊まっていったらどうだ」

「いいのかね」

五助はいかにも嬉しそうに粗末な宿へ入ったが、そのことを恩に着て、兵馬にお返しをしようと思っていたらしい。

これまで大鼾をかいて眠っていた五助は、パッと闇の中で眼を開くと、四方から押し寄せてくる鼾の音に悩まされて、しきりに寝返りを打っている兵馬の耳元に、

「そうか、思い出したぜ。いい話がある。今日は両国橋のたもとで炊き出しがあるそうだ」

と秘密めかした声で話しかけてきたのだ。

もう夜明けに近かった。すきま風が吹き込んでくる板囲いの隙間から、薄紫色をした曙光《しょこう》が差し込んでいた。

「悪いことは言わねえ。そのまま黙って聞いてくんな。ここにいる連中に知られたら、その分だけおれたちの食い分がなくなるってものよ。だからおめえさんだけに、内緒で教えてやるのだ。夜が明けたら、さっそく両国橋のたもとに並んでみようぜ」

耳元でぼそぼそと囁かれるのがうるさくて、うんうん、と曖昧《あいまい》に頷いていたのがあだになって、兵馬は朝早くから、寒風の吹く両国橋のたもとで、飢えた無宿人たちと一緒に、炊き出しの列に並ばなければならない羽目になった。

二

万治二年に竣工された長さ九十六間の両国橋は、その当時、下総と武蔵の国境を流

れる大川（隅田川）に架けられた唯一の大橋だった

いまでは両国橋の川下に、長さ百十六間の新大橋や、百二十八間の永代橋が架けられ、また両国の川上にも、浅草と本所を結ぶ吾妻橋があり、お江戸（御府内）から川向こう（本所・深川）に渡るのも、当時よりはずいぶんと便利になっている。

もともと江戸の御府内は、ほとんどが大名屋敷と寺院に広大な地所を占められ、御城下に住む職人や商人たちは、日本橋や神田、浅草など、湿地を埋め立てた下町に、寄り集《つど》うようにして暮らしていた。

明暦の大火で江戸の大半が焼けた頃は、ほとんど住む者もなかったという川向こうにも、大川へ両国橋が渡される頃までには、すでに多くの人々が暮らしを立てていた。

本所には旗本、御家人の屋敷が軒を並べ、とりわけ深川は庶民の町として、もともと御府内にある下町以上の賑わいをみせた。

つい最近（天明八年の暮れ）になって、品川、板橋、千住、本所、深川、四谷の大木戸内が、あらためて江戸府内と定められ、かつて下総国とされていた川向こう、本所、深川も、めでたく江戸御府内と呼ばれることになった。

これも将軍補佐となった白河侯（老中松平定信）の善政と、本所、深川の住民たちは赤飯を炊いて喜んだが、江戸御府内の境域が大川を越えたとたんに、なんだか窮屈な世の中になってきた、と感じている者たちもいないことはない。

市井《しせい》に暮らしている鵜飼兵馬もその一人で、近頃は博奕《ばくち》の取り締まりが厳しくなったせいか、身過ぎ世過ぎにしていた賭場の用心棒という働き口もなくなって、これまでのように日銭を稼ぐことができなくなっている。

ふらりとお艶の家を出た頃には、まさか食うには困るまいと思っていたが、このところ急に景気が陰ってきて、一人口を養うことさえ難しくなった。

さらに追い討ちを掛けるように、御庭番御用の密命もさっぱり下らず、わずかに貰っていた宰領の手当までが入らなくなった。

兵馬を雇っている倉地文左衛門にも、どうやら隠密御用の下命はないらしく、いまのところ俸禄までは減らされていないものの、将軍家直属の御庭番としては失職同然となり、近頃は鮎釣りなどに呆けて暇を持てあましているらしい。

無宿人たちも増えたような気がする、と思っていたが、これは兵馬一人だけの窮状ではないらしかった。

五助のような妙に義理堅い男でさえ、あれこれ捜しても賃仕事の口さえなく、いまは住むに家なき無宿人の境遇にあるという。

　そこへもってきて、にわかに厳しくなった無宿人狩りだ。聞くところによると、無宿人たちを収容している浅草溜まりが手狭になり、幕府では新たに佃島と石川島のあいだを埋め立てて、大川の中州に人足寄場《よせば》を造成中だという。

「だから川浚《さら》い人足の口なら幾らでもあるらしいが」

　奥州無宿は首をすくめた。

「危なくて近づくこともかなわねえ」

　無宿人だとわかれば、そのまま寄場に送られ、川浚い人足として強制的に働かされたあげく、自分たちが造った人足寄場に収監されて、容易なことでは娑婆《しゃば》にもどれなくなるという。

「そのようなことであれば、両国の炊き出しに並ぶのも考えものだな」

　炊き出しなど受けては、無宿人狩りの標的になるではないか、と兵馬は渋った。

「背に腹は替えられねえよ」

　奥州無宿はずるそうに笑った。

「だからおめえは、この道の素人《しろうと》だっていうんだ。おれの知っている無宿人仲間には、てめえから寄場に入りたがっている連中だっているんだぜ。御上が食うところと寝るところを世話してくれるなんて、ありがてえことだとは思わねえか」

兵馬はまるでめずらしいものでも見るかのように、奥州無宿の間伸びした顔をまじまじと眺めた。

「おぬしも、てっきりその口か」

思わず洩らした兵馬のせりふに、五助はふて腐れたような顔に苦笑を浮かべて、

「だったら、橋の下なんかに寝てはいねえよ」

それもそうだ、と声を合わせて笑ったが、広小路から両国橋へ近づくにつれて、五助はしだいに落ち着きを失ってきた。

炊き出しの噂を聞きつけた無宿人たちが、どこから湧き出してきたのか、ぞろぞろと列をなして両国橋へ向かっている。

「おめえがぐずぐずしていたから」

五助は恨めしそうに舌打ちした。

「もらい物が残っているかどうか、わからなくなってきたぜ」

大川から立ちのぼる朝霧が、寒々とした気流に乗って渦巻いている。川風は霧を払

うほどに強くはなかった。

「さあ、並んだ、並んだ」

威勢のよい若い衆が、両国橋のたもとに集まってくる無宿人たちを整理していた。大釜から立ちのぼる白い湯気が、朝霧と溶け合って乳白色に輝いている。

「よかったなあ。まだ粥はあるらしいぜ」

奥州無宿は、ずだ袋から縁の欠けたお碗を取り出すと、小走りになって行列の最後尾に並んだ。

「はやく来ねえか。碗がねえなら、おれのを貸してやるぜ、ぐずぐずしてねえで、とっとと列に並びな」

五助はずだ袋を探って、薄汚れた半欠け茶碗を取り出すと、大仰《おおぎょう》な身振りで兵馬を手招いている。

無宿人たちの眼が、一斉にこちらへ向けられたような気がして、兵馬はこの場からすぐにも逃げ出したい衝動をかろうじて抑えた。

昨夜から何も食べていない兵馬の腹が、そのときグーと鳴って悲しげな音を立てた。

「そら、見ねえ。空きっ腹には閻魔《えんま》も勝てねえって言うぜ。つまらねえ見栄は捨てるこった」

　五助に大声でげらげらと笑われても、不思議に腹は立たなかった。

「旦那、これは鵜飼の旦那じゃありませんか」

　そのとき、背後から不意に声をかけられて、兵馬はいきなり背筋が凍るような思いをした。

　奥州無宿の五助に、両国の方面は鬼門だと言ったのは、旧知の者たちに出会うことを避けたいと思っているからに他ならない。

「知らぬな。人違いをいたすな」

　聞き覚えのある声に、兵馬はわざと素っ気ない振りをしてそっぽを向いた。

「あっしですよ。姐御《あねご》のところでお目に掛かった浅吉《あさきち》でござんす」

　印袢纏《しるしばんてん》に股引《ももひき》を着けた若い男は、すばやく正面に回り込んで兵馬の顔を確かめると、なつかしそうに笑みを浮かべた。

　入江町の女侠客、始末屋お艶の下で働いている若い衆で、すれっからしの女郎たちにまで人気のある評判の色男だった。

「姐御はお腹立ちでござんすよ。決して捜すな。もし道ばたで旦那にお会いしても、声をかけるな、とあっしらを叱りつけなすったが、なあに、本心はその逆だってことは、とうにわかっておりますよ」

浅吉は両国橋まで出張って、炊き出しの手伝いをしているらしく、無宿人たちを順番に並べている若い衆にも顔が利いた。

浅吉が眼で合図を送ると、若い衆の一人がすばやく走り去って、襷《たすき》掛けのかいがいしい姿で白い湯気の立つ粥を配っている、色っぽい年増女に何事か耳打ちした。

「代わっておくれ」

にわかに喜色を浮かべた年増女は、若い衆に粥を盛る柄杓を渡すと、湯気で湿っていた髪をすばやく撫でつけ、赤い襷をはずしながら、兵馬が並んでいる行列の最後尾まで、小走りになって駆け寄ってきた。

「まあ、鵜飼さま」

女は溜め息に似た小さい声で兵馬の名を呼ぶと、その場に立ち竦んでしばらくは声もなかった。

「お艶か」

兵馬は困ったような顔をして頷いたが、その先を続けることはできなかった。

「どうして、こんなところにいるんですよ」

一瞬の驚愕からすぐに立ち直ると、お艶は叱りつけるような口調で兵馬をなじった。

「ほんとうに身勝手なお人ですこと。なんです、わざとそんな惨めったらしい格好をして。これはあたしに対する当てつけですか」

「いや、そのようなつもりは毛頭ないが」

「どんなつもりか知りませんが、そんなひどい格好をして、この界隈をほっつき歩かれたんじゃ、始末屋お艶の顔に泥を塗るのと同じですよ。ほんとうに、みっともないったらありゃしない」

美しい柳眉《りゅうび》を逆立てて怒りながら、お艶はときどき袖口で目頭《めがしら》を押さえて、悔し涙を拭った。

「浅吉っ」

お艶は鋭い声で若い衆を呼んだ。へい、と浅吉が恐る恐る返事をした。姐御がこれほど怒ったのは見たことがない、お熱いこった、と内心ではぺろりと舌を出しながら、浅吉は殊勝な顔をしてお艶の命令を待っている。

「おまえはすぐに旦那をお連れして、入江町へお帰り。御苦労だが、大急ぎで湯を沸かして、頭のてっぺんからつま先まで、綺麗さっぱりと洗い流してやっておくれ。いいかえ。どんなことがあっても、途中でこの人を逃がすんじゃないよ。炊き出しが終わりさえすれば、あたしも追っつけ入江町へ戻るからね」

三

奥州無宿の五助は、相棒の兵馬をどこかへ連れ去られたうえに、炊き出しの粥を貰えるのかどうか気が気ではなかった。

しばらく前から、大釜の底を柄杓でガリガリと囓《かじ》る音が聞こえてきたので、もうすぐ粥がなくなるのではないかと、身の縮むような思いをしている。

いよいよ自分の番だと、勢い込んで欠け茶碗を差し出したが、もう粥は残っていないと言われて、五助はへなへなとその場に座り込んでしまった。

「今日のところはこれで終わりだよ。あたしの米櫃《こめびつ》も空になったのさ。明日の炊き出しは勘弁しておくれ」

お艶は雑炊を煮ていた大釜を傾けて、底に何も入っていないことを確かめさせると、食いあぶれた無宿人たちに詫びを入れた。

「明日より今日のことだ」

無宿人の一人が悲痛な声をあげると、炊き出しを食いはぐれた連中が、弱々しい声で口々に叫んだ。

「明日になったら、ここまで歩いてくることができるかどうか。身体が動いてくれるうちに食えなきゃ、おれたちは飢え死にするのを待つより他はないのだ」

「さんざん食い物の匂いを嗅がせておきながら、もうこれで終わりというのは、あまりにも酷《こく》じゃあねえか」

「言われるままに、おとなしく並んでいたおいらが馬鹿だったのかい」

無宿人たちの不平不満を聞いているうちに、奥州無宿の五助は何を思ったか、へなへなとなっていた腰を伸ばして立ち上がった。

「そいつは筋違いだぜ」

五助は大仰に両手を広げて、食いはぐれた無宿人たちを制した。

「おれなんぞは、いきなり眼の前で炊き出しを打ち切られて、よだれをたらたらと流しながらも、粥のひと啜りもできなかった口だが、こうして炊き出しをしてくれた施主さんを怨んじゃあいけねえ。わかっていることじゃねえか。おれたちが食い詰めたのは、この人のせいじゃねえってことは」

「そんなことは関係ねえ。おれたちは今がひもじいのよ」

腹を減らした無宿人たちが食ってかかった。五助もついカッとなって、おめえさんにはほんとうの敵が見えていねえのか。

「だから駄目なんじゃねえのか。目前の飢えに惑わされて、おめえさんにはほんとうの敵が見えていねえのだ。おれたちが食うに困っている理由はな……」

言いかけて、五助は不意に口もごった。眼つきの鋭い中年の男が、無宿人たちを押し退けて、ゆっくりとした動きで五助の前に進んでくる。

市中取り締まりの岡っ引きが、食い詰めた無宿人たちの中にまぎれ込んでいたらしい。

「その先は言わねえ方が身のためだぜ」

男は懐から取り出した十手をちらつかせながら、いきなり五助の利き腕を逆手にとって締め上げた。

「この野郎、御政道に文句があるってか」

五助の右腕に激痛が走った。岡っ引きはさらにきつく絞り上げて、

「おい、ちょっと番所まで来てもらおうか」

五助は蛇に睨まれた蛙のように蒼くなった。番所に引かれて素性を洗われれば、無宿人を収監している浅草溜まりに送られてしまう。

岡っ引きが十手をちらつかせると、両国の橋のたもとに群れていた無宿人たちは、蜘蛛《くも》の子を散らすように逃げ散ってしまった。

幕府が石川島に人足寄場を造成していることは、無宿人たちのあいだにも知れ渡っている。大掛かりな無宿人狩りが行われるだろうという風説も流れていた。

「ちょっと待ってくださいよ」

そのとき、炊き出しの釜を若い衆に片づけさせていた気風のいい女が、五助を連れ去ろうとしている岡っ引きに声をかけた。

「その人には炊き出しを手伝ってもらっているんですよ。あまり手荒な真似はしないでくださいな」

「これはこれは、お艶の姐御ですかい。入江町では、いつから無宿人をお雇いなすったのかね」

日頃から鼻薬を嗅がされているらしく、岡っ引きはお艶の顔を見たとたんに、これまでとは掌《てのひら》を返すように下手に出た。

「無宿人だなんて、とんでもない。この人はあたしの身内ですよ」

わざと涼しげな顔をしてお艶は言った。

「しかし、どう見たってこの男、無宿人じゃあねえですかい。近頃は御上からのお達しで、江戸御府内の無宿人どもを狩り出して、石川島の人足寄場に送り込むことになっておりやす。そんなわけで、これからはお艶姐さんにも協力してもらうことになりますぜ」

岡っ引きは、御上の御威光を笠に着て、無宿人狩りをほのめかした。

「親分がそんなふうに堅気衆の格好をして、無宿人狩りをなさっているように、あたしも身内の若い衆を、無宿人に仕立てて炊き出しをしているんですよ。それがお気に召さないようなら、あたしが番所に参りましょうか」

お艶は意地になったように、たとえ身を捨てても奥州無宿を庇《かば》おうとする。ただならぬお艶の気迫に、さすがの岡っ引きもたじたじとなり、

「そこまで覚悟を決めていなさるなら、あっしの方でも、姐御の言い分を通さねえわけには参りませんな」

岡っ引きは大福餅のような頬に、狡《ずる》そうな笑みを浮かべた。

日頃から嗅がされていた鼻薬の効果もあって、こんなことでお艶を敵に廻したら、御上の御用も遣《や》りにくくなると踏んだのだ。

「おまえも、親分に疑われるような真似をするんじゃやないよ」

岡っ引きから突き放され、右腕の痺れを撫でている五助に向かって、お艶は叱りつけるような口調で言った。

「へえ、それはもう身に沁みて」

絶え入るような声で五助は答えた。お艶がどうして自分を助けてくれるのか、よくわかってはいないようだった。

「気をつけな。無宿人狩りは嘘じゃあねえ。そんな格好をして御府内をふらふらしていれば、今度こそ石川島送りになるぞ」

凄味のある眼で五助を睨みつけると、ただの脅しとは思われない捨てぜりふを残して、岡っ引きはわざと肩を怒らせながら引き上げて行った。

「姐さん、よくぞ助けてくだせえました」

五助は地べたに額をすり付けて、何度も何度も礼を言うと、空腹と恐怖でふらふらになった頼りない足取りで、よろよろしながら両国橋のたもとを離れようとした。

「お待ち」

お艶が五助の後ろ姿に呼びかけた。

「あんたは鵜飼さまと親しいのかえ」

問われた五助は、きょとんとした顔をして、

「鵜飼さまって、どなたのことですかい」

空とぼけたような五助の反応に、さすがのお艶も苛々《いらいら》としたものらしい。

「さっきまで、あんたが一緒にいた御浪人だよ」

畳みかけるように問い詰めると、

「ああ、あの新入りの無宿人のことですかい」

ぼうっとしていた五助も、ひょんなことから相棒になり損なった無宿人のことを、ようやく思い出したようだった。

「あきれたね。名前も知らない仲だったのかえ」

お艶はほっとして、これまでの気鬱がほぐれたように小さく笑った。

兵馬がまだ無宿人に身を落としていたわけではないと知って、嬉しさが込み上げて

くるような気がしたのだ。

無宿人たちに炊き出しをするのは、俠名を鳴らした始末屋お艶の心意気だが、だからといって彼らの暮らしぶりを、善しとしているわけではなかった。

兵馬が別れも告げずに姿を消したとき、非人情な仕打ちに激怒したお艶は、始末屋にたむろしている若い衆を集めて、決してあの人を捜してはならないと厳命した。

そのときを境にして、これまで引きずってきた兵馬への未練を、綺麗さっぱりと断ち切ったつもりだった。

両国橋のたもとで、炊き出しの列に並んでいる兵馬の姿を見たとき、無宿人にまで身を落としてしまった男に、ある種の嫌悪感さえ抱いたことも嘘ではない。

久しぶりに兵馬と逢えたなつかしさより、よれよれになった無宿人の姿を見て、腹立たしささえ覚えたのだ。

あたしが無宿人に炊き出しをするのは、ただの偽善にすぎないのだろうか、とお艶はしばし煩悶《はんもん》した。

入江町でしがない始末屋を営んでいるお艶の生計が、無宿人たちに施《ほどこ》しができるほど豊かなはずはない。

お艶は入江町界隈の、隠れ淫売や夜鷹たちのいざこざを仲裁したり、悪質な客との揉め事を始末する代償として、貧しい女たちからわずかなテラ銭を集めていた。

いわば、哀れな女たちから掠《かす》りを取っているこの稼業が、豊かであってよいはずはない、とお艶は思っている。

おまえたちに炊き出しができるのは、貧しい女郎たちが、淋しい男たちに身体を売って稼ぎ出した血の出るような銭を、吐き出しているからなんだよ、と無宿人たちに向かって大声で叫びたい思いを、お艶はかろうじて抑えている。

そんなことを言ってしまえば、炊き出しを受けている無宿人や、早朝から大釜で粥を煮て、飢えた者たちに配っている若い衆は、いかにも遣りきれない、惨めな気持ちに陥ってしまうだろう。

兵馬がお艶の世話になることを拒むのは、隠れ淫売や夜鷹たちから、テラ銭を掠めている始末屋という稼業を、どこかで忌んでいるからに違いない。

しかし、もしこの稼業から足を洗えば、これまでお艶が身体を張って護ってきた女たちは、入江町の利権を狙っている胴慾《どうよく》な吸血鬼どもから、たちまち食い物にされてしまうことは眼に見えている。

あたしは、いま立っているこの場所から、進むことも退くこともできないのさ、とお艶は臍《ほぞ》を固めている。

あれほど恋しかった男の面影は、日々の忙しさの中でしだいに薄められ、いまでは淡い思い出となって、胸の片隅に居心地よく納まるようになっていた。

しかし、久しぶりに兵馬の姿を見たとき、お艶は胸のざわめきを抑えることができなかった。

しかも兵馬と再会した場所が、無宿人たちに炊き出しをしていた両国橋のたもとであろうとは、お艶にはまるで悪い冗談としか思われなかった。

お艶がすぐに小才の利いた浅吉を呼び付けて、すでに異臭を放ち始めている兵馬の身体を、頭のてっぺんからつま先まで、ごしごしと洗い落とすように命じたのは、兵馬と遭うことができた嬉しさよりも、炊き出しを受ける身にまで落ちぶれてしまった男への、嫌悪感の方が強かったからではないだろうか。

無宿人となった兵馬の姿を見ることは、女俠客として名を売ったお艶には、堪《こら》えることができない屈辱のように思われた。

兵馬の相棒ではないかと思っていた無宿人の五助から、まだ名前も知らない新入りと聞いたとき、お艶の胸が喜びに満たされたのは、いまも男への未練が残っているからなのかもしれなかった。

「ところで、おまえさんは」

ぼんやりと大川の流れを眺めている五助に、お艶は優しく声をかけた。

「これからどうするつもりかえ」

五助は意外にさばさばとした口調で、

「どこかの橋の下でもねぐらにして、また姐さんが炊き出しをなさる日を待ちますよ」

淋しげに笑った。

「そういうわけにはいかないよ。あんたは岡っ引きから顔を覚えられたんだ。橋の下なんかに寝ていたら、無宿人狩りにひっかかることはまちがいなしさ」

お艶にそう言われて、たちまち五助の顔面は蒼白になった。五助の脳裡に、眼つきの鋭い岡っ引きに締め上げられたときの恐怖がよみがえったらしかった。

「よかったら、あたしのところへ来てみないか」

何故そんなことを口にしたのか、言ってしまったお艶にもわからなかった。

始末屋に人手が足りないわけではない。むしろ若い衆はあり余っている。そのうえ、今回の炊き出しで、お艶の米櫃は文字どおり空っぽになって、これ以上の口を養ってゆくことはできそうもなかった。

「いいんですかい」

無宿人狩りに怯えていた五助の、にわかに生き返ったような顔を見てしまうと、いまさら取り消すこともできはしない。

「そうだねえ、おまえさんの仕事は……」

お艶はしばらく考えてみたが、始末屋という稼業は、気風《きっぷ》のよさや度胸だけではなく、人情の機微を心得ていなければ大やけどをする。

ぼんやりと大川を見ているこの無宿人に、できるような仕事はありそうもなかった。

「そうね、あんたには……。やはり炊き出しの手伝いでも頼もうか」

お艶には養わなければならない若い衆が多すぎる。そのうえ近頃は、隠れ淫売や夜鷹の取り締まりが厳しくなって、テラ銭の実入りも思うようにならない。

今回のように大掛かりな炊き出しが、いつになったらできるのか、お艶にもさっぱり見当が付かなかった。

要するにお艶は、また一人、使い道のない男衆を抱え込んでしまったことになる。

四

どこからどう聞きつけたのか、こういうことには抜かりのない目明かし駒蔵が、入江町の始末屋へ兵馬を訪ねてきた。

「約束だぜ。さっそく用心棒をつとめてもらおうか」

兵馬の顔を見るなり、いきなり強引な物言いをしたのは、駒蔵が苦しまぎれにかませた精一杯のはったりに違いない。

ねぐらと食い物を提供された代償として、兵馬は無報酬で駒蔵の用心棒をつとめる約束になっていたが、ここでお艶の世話になってしまえば条件が変わってくる。

「まさか男の約束を、反故《ほご》にするなんてことはねえだろうな」

駒蔵が凄んでいるのを聞きつけて、洗い髪を櫛巻にしたお艶が、奥の部屋からヒョイと顔を出した。

「うるさいと思ったら、花川戸の親分さんかえ」

「あっしの声がでかいのは生まれつきだ。ほっといてもらおうか」

「おや、今日はやけに威勢がいいね。おまえさんがどうなろうと勝手だが、この人を変な事件に巻き込むのだけはお断りだよ」

「それはねえだろう。いつも面倒ごとを持ち込まれて、つまらねえ側杖《そばづえ》を食っているのはあっしの方だぜ」

今日の駒蔵は妙に気合いが入っていて、いつもは天敵のように恐れているお艶に対しても、何故か強気になっている。

「約束は約束だ。心配いたすな」

兵馬は苦笑した。たしかに駒蔵の言うとおり、大川の上流で拾った溺死体を、小舟に乗せて花川戸まで運ばせたのは兵馬の仕業に違いない。

こいつは縄張りが違う、と死骸の身許調べを拒む駒蔵を強引に説きつけて、下っ引きたちに聞き込みをさせているのも、兵馬の思惑から出たことだ。

なにかと癖のあるしたたかな男だが、駒蔵の聞き込みの確かさには、さすがの兵馬も一目置いている。

下っ引きの顎六、磯十、与七など、使い走りをしているのは、いずれも間の抜けた連中ばかりだが、こわもての駒蔵親分が、たんなる目明かしの縄張りを越えて、江戸市中にそれなりの睨みを利かせているというのも嘘ではない。

それというのも、駒蔵が賭場を開いていた頃の子分たちが、御府内の意外な場所にまで潜り込んでいるからで、ケチな裏稼業をしている元博徒たちは、いまも駒蔵の手足となって働いているらしい。

兵馬は駒蔵の先手を打つかのように、

「そこは抜け目のない駒蔵親分のことだ、すでに調べはついているであろうな」

駒蔵は博徒あがりの子分どもに手分けさせて、昨夜のうちに事件の手掛かりをつかんでいるはずだった。そうでなければ、わざわざ入江町まで兵馬を呼び出しになど来るはずはない。

「おっと、そう来なくっちゃ。ここで用心棒先生のお出ましと願いたいね」

駒蔵が嬉しそうな声をあげたのを見れば、どうやら兵馬の腕を借りなければならないような、危険な仕事が待ち受けているらしい。

「ちょっと、お待ちよ」

それと察して、お艶はするりと二人のあいだに割って入った。

「この人を変なことに巻き込まないようにしておくれ、と言ったはずだよ」

しかし駒蔵は、ふふんと鼻を鳴らすと、お艶の言い分を無視するかのように、

「始末屋お艶らしくもねえ言いぐさ、聞きたくもねえぜ」

どこまでも強気の姿勢を崩さない。

「そんな言い方をして、いいのかえ」

お艶は切れ長の眼を怒らせて駒蔵を睨みつけた。

「あたしがその気になれば、おまえさんから十手を取り上げることなど、造作もないんだよ。そのことを忘れないようにおし」

お艶は何かしら駒蔵の弱みを握っているらしい。どうせ大したことではあるまいが、駒蔵にとっては触れられたくない過去の汚点でもあるに違いない。

「駒蔵ばかりを責めるのは気の毒。用心棒を買って出たのはわたしの方なのだ。勘弁してもらおうか」

兵馬はお艶をなだめながら、駒蔵に早く行くようにと眼で合図を送った。

「そういうことさ。お艶姐さん、悪いが先生を借りてゆくぜ」

勝ち誇ったように言う駒蔵を、悔しそうに睨みつけながら、

「浅吉、塩でも撒いておきな」

言い捨てると、お艶はさっと身を翻すようにして奥へ引っ込んでしまった。

「おめえ、そいつはよくねえ了簡だぜ」

いきなりのっそりと姿をあらわして、兵馬に説教を垂れたのは、両国橋でお艶に拾われた奥州無宿の五助だった。

「世話になった姐さんに対して、そんな言いぐさはねえだろう。はやく奥に入って詫びを入れて来るんだな。姐さんはきっと泣いていなさるぜ」

凄腕の用心棒と恐れられている兵馬に対して、これほど無遠慮な口を利くことのできる者は誰もいない。

塩壺を持って勝手口から出てきた浅吉は、間抜け面をした五助が、ツケツケと兵馬をなじっている声を聞いて、驚きのあまり立ちすくんだ。

兵馬の全身を洗い流した余り湯で、五助も垢だらけの身体を洗わせてもらったので、無宿人らしい異臭こそ薄れたが、のんびりとした間抜け面だけは隠しようがない。

さすがの駒蔵も恐れ入って、いまに血を見るぞ、と震えあがった。賭場の用心棒をしていた頃の、冷酷非情に徹した兵馬を知っているからだ。

始末屋の若い衆を束ねている浅吉は、むしろ五助のお艶に対する無遠慮な呼び方に腹を立てた。

「おい、その口を慎まねえと、簀巻《すま》きにされて大川に浮かぶぜ。無宿人の分際で、情けをかけてくだすったありがてえ姐御に向かって、姐さん、姐さんなどと、そこらの茶汲み女でも呼ぶような、気安い言い方をするんじゃねえやい」

浅吉の啖呵《たんか》に恐れをなした五助は、思わず声はうわずって、しどろもどろになりながらも、兵馬への説教をやめなかった。

「そんなことを言ったって、おめえ。人には道義ってものがある。いいかえ、その、姐御の姐さんを、悲しませちゃあならねえぞ。前世ではどんな縁で結ばれていたか知らねえが、この世で恩を受けたからには、義理を欠かさねえようにしねえとな。さもなきゃ、おめえは畜生にも劣ることになるんだぜ」

見る影もない無宿人でありながら、兵馬に対する舌鋒は、ますます鋭くなってゆく。

「この野郎、いいかげんに黙らねえか」

これ以上喋らせたら、ほんとうに血を見ることになる、と怯えきって、駒蔵は大声で威嚇しながら無理やり五助を黙らせた。

ところが兵馬は、拍子抜けするほど平気な顔をして、

「お艶はそれほど了見の狭い女ではない。つまらんことを心配いたすな」

まだ何か言いたそうにしている奥州無宿をなだめると、いつまでもぐずっている駒蔵を促して、始末屋お艶の店先を出た。

五

日本橋富沢町に大店を構えている呉服商、葵屋吉兵衛の家宅へ向かう道中で、駒蔵は昨夜のうちに子分どもを使って調べあげた聞き込みの結果を報告した。

女駕籠に乗っていた女は、奥州のさる大藩の江戸屋敷に勤める奥女中で、名を藤乃《ふじの》という評判の美女だったという。

谷中の三崎町にある正福寺は、江戸勤めをしている藤乃の菩提寺《ぼだいじ》で、奥女中の身でありながら、庫裡の離れを勝手に使うことが許されるほど、親しく行き来をしていたらしい。

藤乃が正福寺の離れで殺されたとき、庭先に詰めていた警固の武士も斬られたが、

不思議なことに、彼らの身許は明らかではないという。

「江戸詰の藩士たちに聞いてみても、あんな連中は藩邸にいねえという話だ」

駒蔵は不審そうに付け加えた。

「奥州のさる大藩とは何処のことか」

兵馬がそう問いかけると、駒蔵はむっつりとした顔をして、ゆっくりと首を横に振った。

「それを言うには憚《はばか》りがある」

兵馬は苦笑した。

「駒蔵らしくもない。何の遠慮か」

殺された女が某大名家の奥女中なら、岡っ引きの駒蔵には手も足も出ない。

「悔しいが、これで打ち止めということさ」

駒蔵の言うとおり、昨夜の事件がただの殺しではなく、大名家や寺方がかかわってくれば、これは町奉行所の手を離れて、寺社奉行か大目付の管轄となる。

「そうではあるまい」

兵馬は低い声を立てて笑った。

「わざわざ入江町までわたしを迎えに来たのは、まだ諦めてはおらぬからであろう」

駒蔵はにやりと狡そうに笑った。

「そうよ。目明かし風情《ふぜい》では立ち入ることのできねえこの先は、裏稼業で鳴らしたおめえさんの腕を頼むしかねえ」

表向きは手を引いたように見えても、駒蔵はこの事件を、寺社奉行の手に引き渡すつもりはないらしい。

「つまりは、闇の仕事ということか」

兵馬は御庭番宰領として、いわゆる闇の仕事を請け負ってきたが、この春に白河侯が将軍補佐に就いてからは、倉地文左衛門に下命される隠密御用もなくなり、御庭番宰領の仕事を失った兵馬は、とうとう無宿人にまで身を落としてしまった。

食うに困った兵馬は、昔なじみの駒蔵のねぐらに転がり込んだが、落ちに落ちた先で、またまた闇の仕事を頼まれるとは、皮肉という以外に言いようがない。

それにしても、食い物とねぐらを提供する代償として、町奉行所では手が出せない危険な仕事をさせようとは、駒蔵もずいぶんと人使いの荒い奴だ。

「話はそれだけではねえぜ。実はおめえさんが持ち込んだ例の溺死人だが」

駒蔵は勿体《もったい》を付けるかのように間をおいて、

「はっきりとしたことは、まだわからねえが、すでに腐爛が始まっているあの溺死人は、五年前まで奥州のさる大藩に勤めていた腕利きの剣客に似ているという証言もある。何もかもわけがわからねえことだらけだが、二つの殺しには何か因縁があるのかもしれねえ」

「どうも、もどかしいな」

兵馬は不機嫌そうに問い返した。

「奥州のさる大藩とは何処のことか。遠慮はいらぬ。はっきりと言ってしまえ」

すると駒蔵は、兵馬を焦らすかのように、

「こいつは知らねえ方がいいんじゃねえかな。それと知って、まさか手を引くなんて言わねえでくだせえよ」

わざと挑発するような言い方をする。

「わたしの気性は知っているはずだ。よけいな気を回さぬがよい」

兵馬は理由のわからぬ仕事を引き受けたことはないし、ひとたび引き受けた仕事を断ったこともない。

「これはすでに引き受けた仕事だ。小賢《こざか》しい策を弄さなくとも、わたしが今になって断るはずはないではないか」

ここまで言質《げんち》を取れば安心と思ったのか、駒蔵はようやく重い口を開いた。

「奥州の大藩といえば、仙台か会津、あるいは白河といったところだ」

駒蔵のまわりくどい言い方に、兵馬はうんざりして、

「前置きはよい。要点だけを言え」

話は機密に類すると覚って、兵馬は周囲に鋭く眼を配ったが、幸いにも道行く者の中に怪しい人影はなかった。

「三日前に女駕籠が出てきたのは、銀座の西南にある、松平越中守の中屋敷だという。これは賭場で養ってきた子分どもの証言だから、まちげえはねえと思いますがね」

駒蔵もあたりを窺いながら、にわかに声を落として言う。

「すると藤乃という御女中は、白河藩江戸屋敷の奥勤めをしていたのか」

奥州白河藩といえば、近ごろ将軍補佐になったという老中筆頭、松平定信の国元ではないか。さすがの兵馬も驚きを隠せない。

「あっしのような岡っ引きでは、最初から太刀打ちができねえ相手なのさ」

駒蔵は自嘲するように愚痴ったが、すぐに不敵な面構えになって、

「奉行所にも手出しできねえ事件に、かかわってゆく度胸はありますかい」

兵馬を試すかのように問いかけてきた。

「すでに引き受けた仕事だ、と言っておる」

兵馬は無愛想に応えた。

駒蔵はしつこく食い下がる。

「へたをすりゃあ、命取りになりますぜ」

兵馬の眉間がピリッと動いた。

「くどい」

吐き捨てるように言った瞬間、わずかに殺気が走ったような気がして、駒蔵は思わず首をすくめた。

「おぬしには一宿一飯の義理がある。そのくらいのことがわからぬと思うのか」

兵馬は駒蔵に詰問するような言い方をしたが、声の調子はいつものような喧嘩相手への冗談口に戻って、あの一瞬に感じた殺気は嘘のように消えている。

するると、あのとき兵馬が放った一瞬の殺気は、駒蔵に対するものではなかったのか

もしれない。

「先生は博徒じゃねえんだから、なにも一宿一飯の仁義になんか、こだわらなくてもいいんですぜ」

機嫌を取り結ぶように言ってみたが、兵馬は表情を動かすことなく、淡々として歩を運んでいる。

六

「あの匂袋は、葵屋に依頼された特注品と申すのか」

日本橋富沢町に大店を構える葵屋吉兵衛の奥座敷へ通された兵馬は、さっそく匂袋の一件に探りを入れた。

「どこの誰ともお名前はおっしゃいませんでしたが、さる大藩の御女中と伺いました。わたしどもでは、通常そのような小さな仕事は請け合いませんが、たっての願いということで、特別に御用立ていたした次第です」

突然の来訪を訝《いぶか》った吉兵衛は、客相手の商人らしく揉《も》み手《で》をしながら言った。

「吉兵衛にしてはめずらしい」

それほど親切な男だったかな、と兵馬は皮肉っぽく笑った。

「ちっぽけな儲けなど、度外視したお話でございますよ」

吉兵衛がもっともらしい顔をすると、駒蔵は思わず失笑して、

「てやんでえ。いつもの癖で、その御女中のお色気に、ころりと参っただけの話じゃねえか」

葵屋の女好きは、ほとんど病気と言ってよい。

「親分の口が悪いのは相変わらずですな」

どう言われようとも、さすがに大旦那の貫禄で、吉兵衛は愛想笑いを絶やさなかった。

「ところで……」

兵馬は駒蔵が後生大事に持っている例の匂袋を吉兵衛の前に出させて、

「葵屋で誂えた匂袋とはこれか」

金糸で龍を刺繡した小袋を見せた。これしきの小物、わざわざ富沢町の大店に誂えさせるほどの品ではない。

「よく見てくれ。この匂袋は頼まれたときのままか」

兵馬に念を押されて、吉兵衛は金襴の匂袋を手に取った。

一目見るなり吉兵衛は言った。

「違いますな。この小袋はたしかにわたしどもで誂えた物ですが、微妙に縫い目が違っております」

金糸で刺繍された龍が、まるで生きているかのように、黄金色の鱗を輝かせた。

吉兵衛は金襴の手触りを楽しんでいるかに見えたが、

「ちょっと失礼いたします」

傍らの手文庫から剃刀《かみそり》を取り出すと、匂袋の縫い目に刃を当てた。

「何をしやがるんでえ」

駒蔵が怒鳴ったときはすでに遅く、小袋の縫い糸は手早くほどかれていた。

「やっぱり、ございませんね」

吉兵衛が匂袋から取り出したのは、馥郁と薫る伽羅香の破片だけで、他には何も出てこなかった。

「伽羅香の他に、何かを縫い込んであったのか」

やはりな、というように兵馬が問い糺《ただ》すと、

「それとはっきり見たわけではありませんが、何か書き付けのような物を縫い込ませておりましたな。わたしの立ち会いのもとで、あの御女中が抱えの縫子に指示を与えておりましたから、よほど大切な書き物だとは思いますが、いま縫い目を開いてみましたところ、伽羅香の他は何も見あたりません」

吉兵衛は狐につままれたような顔をしている。

「もうひとつ聞きたい。その御女中が作らせた匂袋はこれひとつだけか」

兵馬の問いに、吉兵衛はいいえいいえと片手を横に振った。

「いくら色っぽい御女中の頼みでも、葵屋吉兵衛の看板をかかげたこの店で、たったひとつだけの小物などを作るはずがないじゃありませんか。とうぜんご注文の匂袋は、龍虎の刺繡を施した一対物でございました。御女中のようすから、何やらいわくありげな贅沢品とみて、特別に誂えて差し上げたような次第でして」

「それでは、匂袋に縫い込んだ書き付けも二枚……」

「さよう、龍の刺繡をした金襴の袋がひとつ、虎の刺繡を施した銀蘭の袋がひとつ。匂袋も書き付けも、それぞれ一対になっておりましたな」

「たまたま駒蔵が手に入れたこの匂袋は、中に縫い込まれていた書き付けを、すでに取り出されていたわけだな」

これを聞いていた駒蔵が悔しそうに叫んだ。

「畜生、誰が抜き取りやがったんでえ」

さて、皆目わからぬ、と首をひねった兵馬に、吉兵衛が専門家らしい見方を示して、

「新しい縫い目を見れば、やさしい女の手と思われますな」

「そうか。この秘密を知っている藤乃が、何か思うところがあって、縫い込んでおいた書き付けを、用あって取り出した、と見るのが自然かもしれぬ」

しかし、葵屋吉兵衛に錦繍を誂えさせた藤乃が、あえなく殺されてしまった今となれば、事件の手掛かりはここで途絶えたことになる。

「どれもこれも、わからねえことばかりだぜ」

駒蔵は頭を抱え込んだ。

「こうなれば、銀座の西南にある白河藩邸の中屋敷を探ってみる他はないか」

兵馬が何気なく呟いた声を聞きつけて、何も知らない吉兵衛はきょとんとした顔をして黙り込んだが、駒蔵は泡を食った蟹のように、がたがたと震えだした。

白河藩主松平定信は、八代将軍徳川吉宗の孫、英邁を謳われた田安宗武の子で、その利発さを警戒した幕閣の画策によって、若くして白河松平家へ養子に出されたが、側用人として全盛を極めていた田沼意次が失脚したいま、さっそく幕閣に迎えられて、老中筆頭、将軍補佐を兼ねている『時の人』だ。

いくらなんでも相手が悪すぎるぜ、とさすがの駒蔵も怖《お》じ気《け》づいている。

影同心

一

お艶に義理を感じている奥州無宿の五助は、駒蔵と一緒に入江町の始末屋から出て行った兵馬のゆくえを捜していたらしい。

富沢町の呉服商葵屋の店を出て、松平越中守の中屋敷に向かっていた兵馬と、高砂町の街角でばったりと鉢合わせをした。

「こんなとこにいたのか」

兵馬を見つけた五助は、ほっとしたように表情を崩した。

「入江町の姐さんは、おめえのことを心配していなさるのだぜ」

五助は兵馬のことを、いまだに新入りの無宿人と思い込んでいるらしく、もっともらしい先輩面をして、いきなり頭ごなしに怒鳴りつけた。

「なんでえ、この野郎」

それを聞いて怒りだしたのは、兵馬の後からへっぴり腰でついてきた目明かしの駒蔵だった。

「こちらの先生に向かって、そんな口の利き方をする奴があるか。簀巻きにされねえうちに、とっととすっこんでいな」

松平越中守の中屋敷へ向かおうとする兵馬を、駒蔵は青くなって引き留めた。いまを時めく老中首座などに、かかわりを持たねえ方がいい、といくら押し留めても、兵馬は無言のまま銀座方面に足を向けている。

もう知らねえ、と諦めかけたところへ、いきなり素っ頓狂な男があらわれて、兵馬を怒鳴りつけたのだ。鬱積していた駒蔵の憤懣がそちらにふり向けられたのは、五助の不運としか言いようがない。

しかし五助は怖れげもなく、

「どなたさんか存じませんが、ものを知らない新入りに、人の情というものを教えてやっているところでごぜえます。どうか構わずにおいてくだせえ」

慇懃無礼な無宿人の言いぐさに、駒蔵はよけい腹を立てた。

「この、すっとこどっこい。大川の水で顔を洗って出直して来やがれ」

五助の襟髪をむずとつかんで、宿無し猫でも捨てるかのように、道の端まで引きずっていった。

「これは乱暴な」

五助は手足をばたばたさせて足掻《あが》いたが、駒蔵は容赦なく路肩に引き据えると、

「見ればてめえは無宿人だな。このまま溜まりに引っ張って、寄場の川浚いでもさせてやろうか」

奥州無宿は眼を白黒させて、

「うんにゃ、いまのおれは無宿人とは違う。入江町で始末屋をしていなさるお艶姐さんの身内だ」

「そいつは聞かねえな」

駒蔵はわざと意地の悪い顔をして、五助の襟元をぐいぐいと締め上げた。

「えっ、それがどうしたってんでえ」

すると、これまでふてぶてしくさえ見えた五助の顔が、みるみるうちに蒼白になり、膝頭もがくがくと震えだした。

「ケッ、大袈裟な野郎だぜ」

駒蔵としては、小生意気なこの無宿人をちょっと脅してみただけで、まさか絞め殺すほどの力は加えていない。

しかし、五助の眼は一点を見つめたまま、まるで凍りついたように動かなくなった。

「まさか、あの男が……」

うわごとのように呟いている五助は、顔面からすっかり血の気が引いて、まるで幽霊でも見たかのような顔つきをしている。

「おい、どうした」

驚いた駒蔵が、襟元を締め上げていた手を離すと、五助は腰が抜けたのか、ずるずるとその場にへたり込んでしまった。

兵馬はとっさにふり返った。かすかに伽羅の香りが漂ってきたような気がしたからだ。これは駒蔵が拾った匂袋の香り、そして死微笑を浮かべていた藤乃という女の枕元で焚かれていた香の匂いと同じものではないだろうか。

あのときは、血の匂いが濃すぎて気づかなかったが、藤乃という奥女中が殺されたあの晩、不忍池のほとりですれ違った異形の男も、これと同じ匂いを身にまとっていたのかもしれない、と今になって思いあたる。

「あの男だ」

しかし、かろうじて兵馬が見たものといえば、雑踏の中に消えてゆく浪人者の後ろ姿にすぎなかった。

昨夜、あの男に遇ったのは、濃い闇に包まれた不忍池のほとりだったから、どのような顔や姿をしていたのか見極めはつかない。

しかし、あの男とすれ違った瞬間、凍気にも似たものが駆け過ぎたような、肌が粟立つ感触は、いまも鮮明に覚えている。

あの男に違いない、と兵馬はすぐに思ったが、あえて後を追うことはしなかった。

一連の事件とのつながりもわからないまま、あの男に接近することは危険だ、と兵馬には直感するものがある。

あの男、何のためにこのあたりを徘徊しているのか、と訝りながら視線を戻したとき、兵馬は怯えきった奥州無宿と眼が合った。

「奥州、いまの男を知っているのか」

兵馬は腑抜けのようになっている五助に声をかけた。

五助は兵馬を恐れていない。目明かしの駒蔵に対しても、五助はどこか甘くみているところがあって、いわゆる恐れや怯えとはほど遠い。

五助がこれほど怯えているのは、不忍池のほとりで血の匂いをただよわせていたあの男、何故か着物に伽羅香を焚きしめているあの男を見たからに違いない。

「知っているどころか……」

五助は口ごもった。言っていいかどうか迷っているらしい。

「もう助からねえ。あの男が江戸にいるということは……」

わけのわからないことを呟きながら、五助は死人のような蒼い顔をして、ぶるぶると唇をふるわせている。

「まどろっこしい野郎だな」

駒蔵が腹を立てた。

「だから、どうだってんでえ」

五助は駒蔵の声が耳に入らないらしく、意味不明なことを口の中で呟いている。

「斬られる。あのことを知っている者は、みんな斬られてしまう」

兵馬にはふと思いあたるものがあって、

「おぬしは奥州無宿ということだが、生国はどちらであったかな」

五助はうつろな眼を兵馬に向けた。

「奥州は白河の生まれだが、それがどうかしたのかね」

それを聞いて、兵馬はようやく得心したように、

「やはりな。では、おまえが見たというその男は、白河藩士なのか」

「国元では影同心と呼ばれていた恐ろしい男だ。しかも、その正体を知った者は、その場で殺されてしまうと言われている。だから表向きは、あの男が何をしているのか、誰も知らねえことになっているんだ」

しばらく沈黙があった。

「知ったのだな」

兵馬に念を押されて、五助は無言のまま頷いた。

「おぬしが江戸に流れてきたのはそのためか」

「ひょんなことから、知ってはならねえことを知ってしまった。しかし、あの男が江戸へ出てきたからには、いくら逃げたところで、もう助からねえ」

五助の怯えようは尋常ではない。

二

駒蔵に連れ込まれた小屋が、行徳河岸の番屋だと知って、無宿人の五助は思わず肝《きも》を冷やしたが、ここにおればどこよりも安全だ、と兵馬に説得されると、ようやく安堵したように胸を撫で下ろした。

「こんなとこに連れ込んで、何を聞き出そうというのかね」

五助は居直ったような口を利いた。

「これは取り調べというわけではない。おまえが見たという男について、何でも知っていることを話してもらえればそれでよい。ただし、隠し事や嘘は言うな。それが命取りにもなりかねぬからな」

五助の警戒心を解くため、番屋を守っていた老人に煙草銭を与えて外に出してから、兵馬は穏やかな口調で五助に言い聞かせた。

五助は眼を白黒させて、

「番屋をそっくり借り受けるとは、おめえ、ただの無宿人ではねえな。ひょっとして、おめえさんも江戸の影同心をやっていなさるのかね」

五助の当てずっぽうに、まさか、それと似た御庭番宰領をしているとも言えず、兵馬は苦笑しながら、手持ち無沙汰に突っ立っている駒蔵をふり返った。

「わたしではない。ここにいなさる駒蔵親分は、江戸の界隈に顔が利くのだ」

おだてられて、駒蔵は得意そうに鼻をこすったが、無宿人の五助はそれを聞いたとたんに臍を曲げた。

「これも岡っ引きの御威光っていうわけかい。それじゃ、やっぱり取り調べじゃねえか」

ぐずる五助に、兵馬はわざと素っ気なく、

「言いたくなければ喋らなくともよい。その代わり、今後おぬしの身を守ってやることはできなくなるぞ」

兵馬を舐《な》めきっている五助は、その程度の脅しには屈しない。

「なんでえ。いきなり偉そうな口を叩きやがって。自分の身を守ることもできねえ無宿人のくせに」

これには駒蔵が黙っていない。

「この野郎。いいかげんに吐かねえか。甘くみやがると痛いめにあわせるぞ」

腰に差していた十手を引き抜いて、いまにも殴りかねない勢いに、さすがの五助も首をすくめた。

「おっと、下手人扱いは願い下げにしてくだせえ。なにも、喋らねえとは言っておりませんぜ」

ほんとうは、喋りたくてうずうずしていたらしく、五助は兵馬の催促も待たず、まるで何かに追われるようにして、聞かれもしないことまでぺらぺらと話しだした。

「あの男は、赤沼《あかぬま》三樹《みき》三郎《さぶろう》といって、白河藩御《お》徒組《かちぐみ》の三男坊だが、へたに剣の腕が立ったのが禍《わざわい》して、ひところ白河の城下を騒がせていた辻斬りの汚名を着せられ、ろくな吟味もないまま、城内の牢に繋がれていたということだ」

「あぶない男だな。斬られたのは何人か」

「それが不思議なことに、辻斬りがあったというのは噂ばかりで、斬られた死体を見た者はいねえという奇怪な事件さ」

「いかにも理に合わんな。それでは赤沼が罪に問われた理由は何なのか」

「理由なんてあるものか。いきなり捕縛されて牢送りだ。しかも処刑にもされず、お城の牢内に放置されていたらしい」

　あのときと同じだ、と兵馬は思った。

　幕府の隠密となって、心ならずも故郷の弓月藩に潜入した兵馬は、深夜の隠密狩りに遭って捕縛された（既刊①『孤剣、闇を奔る』参照）。

　城内の牢獄に幽閉されること十数日、兵馬は弓月藩の執政となっていた旧知の魚沼《うおぬま》帯刀《たてわき》に懇願され、幕閣が差し向けた刺客と死闘して弓月藩の秘密を守った。

　それが巧妙に仕組まれた罠であったと知ったのは、すべてが終わってからのことだった。

　忠誠だの仁義だのと言いながらも、藩を守るためには、奴らはどのような手段も辞さないからな、と兵馬は痛いほど身に沁みている。

　ひょっとしたら赤沼三樹三郎も、その手に落ちた犠牲者の一人かもしれない。

「それで、辻斬りの件はどうなったのだ」

　もし赤沼三樹三郎が正統な剣を学んだ男なら、理由もなく辻斬りなどするはずはない、と兵馬は思っている。

「さあ、そこんとこがよくわからねえ。赤沼三樹三郎が牢に繋がれてから、辻斬りの噂もいつのまにか立ち消えになった。下手人が捕まったからだと言う者もあれば、はじめから辻斬りなんてなかったのではねえかと、噂そのものを疑っている者もいたからな」

「では、辻斬りの噂は、赤沼を捕縛するための口実にすぎなかったのか」

「そうかもしれねえ」

あれはたしか、いまから七年前のことだ、と五助は節くれ立った指を折って日にちを数えた。

「赤沼三樹三郎が、影同心と呼ばれて恐れられるようになったのは、いつ頃からのことか憶えているか」

兵馬に問われて、五助は曖昧《あいまい》に首をひねった。

「かれこれ六年ほど前のことになるかなあ」

「やはりな。それでは三樹三郎が、辻斬りの汚名を着せられて牢に繋がれた後のことになるわけだ。そうなれば、真犯人も出ないまま、下手人と目されていた赤沼が放免された、というのもおかしな話だ」

もし辻斬りの噂がほんとうなら、下手人として捕らえられた赤沼三樹三郎が、そう簡単に赦免されるはずはない、と兵馬は思う。

「たぶん、でっちあげだな」

断ずるように言い放った兵馬の顔には、いつにない苦みが走っている。

三

五助が途切れ途切れに語った話を継ぎ合わせて、多少とも筋の通った物語を組み立ててみれば、赤沼三樹三郎が影同心と呼ばれるようになったのは、天明三年、浅間山が噴火した頃と軌を一にしている。
世に『浅間焼け』と呼ばれた噴火のようすは、上州吾妻郡蒲原《かんばら》村名主清平《せいべい》から、幕府代官に差し出された上申書に、次のように書かれている。
『信州浅間、六月末より少しずつ焼け出で、近辺へ灰を吹き飛ばし、
七月五日夜亥の刻（午後十時）ばかりより、大地震の様に鳴動致し、
麓近くは勿論、上州高崎辺へ、夥《おびただ》しき小石砂を降し、六日朝、五寸ばかり降り積

もる。
六日朝より天気晴る。また暮れ六時（午後六時）より降り出し、
七日は一向に暗夜の如く、家毎に火を灯し、往来は桃燈《ちょうちん》を灯し申し候。
七日夜降り通し、八日午前頃より泥雨になり、火石を飛ばし、
高崎ならびに松井田辺、殊に甚だしく、
小家などは崩れ、野辺の作物、石泥に埋まり、青葉一つも見え申さず』

これが死者二万人余といわれる『浅間焼け』の初見だが、天明三年に起こった浅間山の噴火と、翌天明四年にかけて勃発した大飢饉とのあいだに、どのような因果関係があるかは知る由もない。

ただ、赤沼三樹三郎の身辺に、急激な変化が起こったのは、この頃のことではないかと思われる。

天明三年の冬は、いつまでも寒気が迫ることはなかった。

真冬のさなかにも南風が吹き、霜さえ降りない温暖な日々が続いたが、明けて天明四年になっても、冬季に雪を見ることはなかったという。

ところが、その年の皐月《さつき》頃から、あたかも季節が逆転したかのように、いつまでも冷気が抜けず、いつもなら酷暑が続く土用になっても、冬場に着る綿入れを離せなかった。

稲は青立ちとなり、田畑に作物は育たず、関東から奥羽を襲った不気味な冷夏は、前代未聞のものであったと言われている。

五助の話では、城内の牢に繋がれているはずの赤沼三樹三郎を、領内で見かけるようになったのも、この頃からのことだという。

「それでは辻斬りの嫌疑が晴れて、赦免されたということか」

「わからねえ」

辻斬りの件は有耶無耶《うやむや》にされたが、罪を許されたはずの三樹三郎は、それまで住んでいた侍長屋へは戻らなかった。わずかに残されていた係累とも、俗縁は断たれたようだった。

「牢から出た三樹三郎は、人が変わったようになったのか」

いぶかしげに兵馬が問うと、五助は当惑したように首をひねった。

「さあどうだか。以前のことは知らねえから、変わったかどうか、比べてみるわけにはいかねえが」

影同心と呼ばれるようになったその頃まで、三樹三郎は特に目立つような男ではなかったらしい。

その頃のことだが、城の外堀に斬殺死体が浮かんで、大騒ぎになったことがある。すぐに町方の者たちが駆けつけて人払いをしたが、検死役人に引き渡されるまでのあいだ、遺骸を見た野次馬の数はかなりの数に上ったという。

なんとも驚いたことに、斬られたのは名の知れた白河藩士で、六百石取りの御坂監物《みさかけんもつ》という能吏だった。

赤沼三樹三郎が辻斬りの容疑で捕縛されたとき、斬殺死体を見た者は誰もいなかったが、御坂監物の死骸は多くの人々の眼に曝《さら》されている。

さらに解せないのは、藩の要職にある能吏が殺されたというのに、なぜか下手人の追及が有耶無耶にされてしまったことだった。

監物は藩財政を支えてきた能吏というだけでなく、剣の腕も立つと言われていた男で、深夜に供も連れずに出歩くこともあったという。

その監物を一刀のもとに斬り捨てた相手は、よほど腕の立つ剣客とみなければならないが、白河藩の領内でも、それほど凄腕の遣い手は、五人といないだろうと言われている。

それなら、すぐにでも下手人の見当は付きそうなものだが、どのような理由からか、藩庁で監物殺しの聞き込みや、取り調べをしたという噂も聞かない。

すべてが、闇から闇へと葬られてしまいそうになったとき、にわかに浮上してきたのが、辻斬りの嫌疑をかけられていた赤沼三樹三郎の噂だった。

その頃から、城内の牢に繋がれていた三樹三郎が、何の咎も受けることなく城下を徘徊するようになったという。

腕達者な監物を斬ることができる男は、三樹三郎の他にはいないだろう、という噂が立った。

三樹三郎が辻斬りを働いたのは、人を斬ることに慣れるためで、監物が一刀のもとに斬り捨てられたのも、辻斬りで鍛えられた暗殺剣の成果だと言う者もいる。

それらの風聞は、いずれも臆測の域を出なかったが、臆説や推量だけで満足できないのが、噂というものの恐ろしいところだ。

御坂監物が斬られた晩、外堀のあたりに身をひそめていた赤沼三樹三郎の姿を、たしかに見た、とまことしやかに言う者まで出る始末だった。

監物が殺されたのは、藩政をめぐる争いからだ、という風聞もあり、剣の達人と評判を取った赤沼三樹三郎は、藩政をめぐる監物の政敵が、ひそかに送り込んだ刺客ではないか、とさかしら顔をして言う者もいる。

藩の中枢では、監物殺しを揉み消そうとしている、という町の噂も流れてきた。へたに騒ぎ立てると大ごとになる、と自制する声もあり、やがて城下に広がった風説も鎮静したかに思われたが、赤沼三樹三郎の疑惑が晴れたわけではなかった。

一方では、監物殺しに関する噂話が止んだのは、当の本人である三樹三郎が、城下を巡廻するようになったからだとも言われている。

三樹三郎が暗闇からぬっと姿をあらわすと、街角で噂話に花を咲かせていた人波が、蜘蛛の子を散らすようにさっと崩れる。

噂話をしていた連中は、三樹三郎を監物殺しの下手人と思い込んでいるから、その姿を遠くから見ただけで命からがら逃げてゆく。

はたして辻斬りの下手人が誰なのか、監物殺しが誰なのかもわからないまま、すべては赤沼三樹三郎の仕業ではないかということになる。

そして誰が言うともなく、三樹三郎のことを影同心と呼ぶようになった。

夜な夜な辻斬りを働いたり、藩の要職を斬っても、決して罰せられることのない男。法や秩序とは違う見地から、殺しさえも容認されている男を、人々が影同心と呼んだのは、三樹三郎に対する恐怖の裏返しにすぎなかったのかもしれない。

高砂町の街角で、赤沼三樹三郎と思われる男の姿を見て、五助がへなへなと座り込んでしまったのは、得体の知れない影同心への恐怖が染みついているからに違いない。

四

五助の語る陰惨な話を聞いた兵馬は、影同心と呼ばれていた赤沼三樹三郎の来歴に、みずからの影を見たような気がした。

「剣を学んだのが不運の始まりか」

兵馬は慨嘆せざるを得ない。

「どのような流儀であったのか」

「さあ、なんて言ったかな」

五助が奥州訛りで、ミズンルウと言ったとき、兵馬にはどのような流派かわからなかったが、何度か聞いているうちに、それは微塵流《みじんりゅう》のことではないかと思いあたった。

「めずらしい剣を遣う」

そもそも微塵流は、戦国の遺風を残す荒々しい流儀で、鹿島の剣を伝承した塚原卜伝《つかはらぼくでん》の高弟、諸岡一羽《もろおかいっぱ》から一羽流を学んだ根岸兎角《ねぎしとかく》が、師の剣に独自な工夫を加えて微塵流と称した。

すなわち兎角の微塵流は、鹿島の神人《じにん》が伝えた関東七流の一派、鹿島新当流の系統と言われている。

諸岡一羽のもとを去った根岸兎角は、そのころ殷賑《いんしん》を極めていた北条氏の城下町、小田原に剣術道場を開いたが、秀吉の小田原征伐によって北条氏が滅びてからは、徳川家康が関東討ち入りを果たした直後の江戸に出て微塵流を称した。

やがて微塵流根岸兎角の剣名は、関東一円に鳴り響いたが、かつて諸岡一羽の同門であった岩間小熊《いわまこぐま》に挑まれて不覚を取り、これを恥じた兎角は、そのまま江戸を出奔して西国に流浪した。

九州の博多に足をとどめた根岸兎角は、信田朝勝《しだともかつ》と変名して福岡藩主黒田長政《くろだながまさ》に仕え、その地で微塵流を指南したという。

したがって、微塵流は兎角の生まれ育った関東には残らず、鹿島から遠く離れた九州に広まったが、信田朝勝、すなわち根岸兎角の死後は、黒田藩に伝えられた微塵流もしだいに衰退して、いまやその流派は絶えてしまったと言われている。

白河藩の下級武士に生まれた赤沼三樹三郎が、奥州に伝わらないはずの微塵流を名乗っているとしたら、何処でどのようにして学んだものなのか、剣の腕一本を頼りに生きている兵馬に興味がないはずはない。

「いずれにしても、微塵流とは、どこか不幸の影を背負っている剣なのかもしれぬ」

兵馬がこう思ったのは、流祖である根岸兎角のたどった曲折が、微塵流を名乗る赤沼三樹三郎の不幸と、重なって見えたからなのかもしれない。

「不幸な話はそれだけじゃあねえ」

潰れ百姓となって江戸へ流れてきた五助に、忘れようとしてきた数年前の記憶が、生々しいものとしてよみがえってきたようだった。

奥州白河領で、やはり影同心と呼ばれていた男に、赤沼三樹三郎と同じ年格好で、青垣清十郎《あおがきせいじゅうろう》という天流の遣い手がいた。

「デンルウとな、それは天流のことであろう」

兵馬は五助の訛《なま》りに修正を加えた。

「そうだ。たしかデンルウと言っていたな」

五助は天流と言い直したつもりだったが、兵馬の耳には、やはりデンルウとしか聞こえない。

「はて、天流が奥州に伝わったとは聞かぬが」

天流といえば、これも鹿島新当流を創始した塚原卜伝の高弟、斎藤伝鬼坊《さいとうでんきぼう》が伝えたという流派であろう。

斎藤伝鬼坊勝秀《かつひで》は、幼名を金平《きんぺい》、のちに主馬之助《しゅめのすけ》と改め、海内一の武芸者と言われた塚原土佐守卜伝に新当流を学んだが、さらに武名をあげるために京へ上り、紫宸殿の庭上に召されて一刀三礼の太刀を天覧に供し、左衛門尉《さえもんのじょう》を拝命して面目をほどこしたという。

西国を遊歴して常陸に帰った伝鬼坊は、関東一円を支配していた北条氏に取り入り、被官の武士たちに、夢想の中で自得したという天流を指南した。

左衛門尉という官名がよほど利いたのか、伝鬼坊の門下に名を連ねた弟子たちには、小松一卜斎《こまついちぼくさい》、下妻城主多賀谷修理太夫《たがやしゆりだゆう》、益子筑後守《ましこちくごのかみ》、結城采女正《ゆうきうねめのかみ》など、常陸、下総の名門列侯が多かった。

かくて伝鬼坊の剣名は関東一円に聞こえ、その名声をやっかむ輩《やから》からは『当代一時ノ栄華ハ此ノ技術ニ過ギシトゾ見ヘシ』と陰口を叩かれるほどであったという。

しかし、好事魔多し、霞流の遣い手、桜井霞之助《さくらいかすみのすけ》と試合って撲殺したことから、霞之助の主筋にあたる真壁闇夜軒《まかべあんやけん》の遺恨を受けた。

闇夜軒とは、真壁城主安芸守氏幹《うじもと》のことで、塚原卜伝に鹿島新当流を学んで伝鬼坊とは同門。あるいは伝鬼坊の門人となって、天流を伝授されたとも言われている。

当時の主従関係は、血縁や子弟関係よりも強い絆に結ばれていた。霞之助の死に激怒した真壁闇夜軒は、伝鬼坊に遺恨試合を申し入れた霞之助の父、桜井大隅守に加担し、馬廻りの武士十数人、数十人の足軽を動員し、弓矢や鉄砲を撃ちかけて伝鬼坊を謀殺した。

斎藤伝鬼坊が開いた天流も、根岸兎角の微塵流に劣らず、血なまぐさい臭いがする不吉な剣と言うべきであろう。

伝鬼坊の死後、天流は常陸、下総から一掃され、この流派を継いだ日夏弥助《ひなつやすけ》は関東を離れて丹波篠山藩に仕えた。

「これもまた不幸の影を背負った剣か」

もう一人の影同心、青垣清十郎が遣うという天流が、常陸国境を越えて奥州まで伝わったとは聞かない。

「もちろん、赤沼さまと青垣さまという二人の影同心が、何処でどう動いていたのか、百姓のわしらにはわかるはずもなかったがね」

赤沼三樹三郎と青垣清十郎が、二人連れだって白河領内を見廻っている姿を、五助は眼にしたことがあるという。

「郡《こおり》奉行の配下として働いていたのか」

「そうじゃあねえ。影同心と呼ばれていたあの二人は、誰の支配下にも入っていなかったということだ」

「領内を勝手に見廻っても、家中から苦情が出ることはなかったのか」

「お奉行さまよりも、もっと上からの指示を受けて動いている、とも言われていた」

「藩の執政か」

「うんにゃ、それよりはもっと上の方だ」

「そうなると、残るは藩主しかいなくなるが」

兵馬に念を押されて、五助はごくんと生唾を飲み込んだ。

「なんでもそういう噂があったということだが、たしかなことはわからねえ」

「その頃の奥州白河藩主は……」

もしそれが天明三年のことだとすれば、先代藩主松平越中守定邦《さだくに》はすでに老齢で、田安家から養子に迎えた上総介定信が家督を継ぎ、松平越中守を名乗っていたはずだ。

「ところで奥州、おぬしが江戸に出てきたのは、いまから五年前のことだと言っていたな」

兵馬がさりげなく問いかけると、五助はうらめしそうな顔をして、

「そういう勘定になるかもしれねえ。潰れ百姓になって国を捨てたのは、これまでにねえほどの大飢饉に襲われた年だった」

天明三年、東北の諸藩を襲った大飢饉の対処に窮して、病床にあった越中守定邦は、養子の定信に家督を譲っている。

「いまは老中首座にある白河侯（松平定信）が、白河藩主となって、未曾有《みぞう》の凶作の

対応に当たった。白河侯の釆配よろしく、餓死する者数十万人と言われたあの大飢饉の年に、白河領内では一人の餓死者も出さなかったという。ならば、おぬしが潰れ百姓となって、江戸へ流れてくることなど、なかったのではないか」

「そうはいかねえ」

五助は大仰《おおぎよう》に眼を白黒させて、

「凶作は白河藩だけを見逃してはくれねえ。おれたち百姓は、あの大飢饉で潰れてしまったも同じよ」

「しかし、あのときは白河侯の釆配よろしく、領内にはただ一人の餓死者も出なかったというではないか」

兵馬がさらに念を押すと、

「それはどうかな。死ななけりゃあいい、というものではあるめえ」

五助の顔に一瞬の怒りが走った。

兵馬はその機を逃さず、

「おぬしは藩の機密に類することを知ってしまったのだな。影同心を恐れなければならなくなったのは、それからのことか」

畳みかけるように言うと、

「それを言わせようとしたって無理だ」

五助はむっつりと黙り込んでしまった。

「あの影同心を恐れてのことか」

兵馬が遠慮がちに問い糾しても、五助は押し黙ったまま返事はなかった。

五

「だいぶ話は繋がってきたが………」

兵馬は考えをまとめようとしてふと呟いたが、不機嫌そうな顔をしている駒蔵と眼が合って、思わず苦笑した。

「まだまだ、もつれたところが多すぎる」

駒蔵は物ぐささそうに、煙管の雁首で背中を掻きながら、この男にしてはめずらしく、たしなめるような口調で言った。

「そう無理に繋げねえ方がよくはねえのかい」

大川に浮いた溺死人の斬り口と、谷中三崎町の福正寺で斬殺された男たちの斬り口は、同じものだと兵馬は見ている。

奥州無宿の言うことが正しければ、大川の上流で人を斬ったのも、谷中の福正寺で白河藩奥女中の付き人たちを斬り伏せたのも、影同心と呼ばれていた微塵流の遣い手、赤沼三樹三郎の仕業ということになる。

どう考えてもわからないのは、三樹三郎が絡んでいる殺戮の場には、かならず伽羅香の匂いが立ち籠めていたことであろう。

伽羅の匂いといえば、由緒ありげな奥女中風の美女が、わざわざ葵屋吉兵衛に誂えさせた匂袋には、秘密の書き付けが隠されていたという。

駒蔵が拾った金襴の袋は、たしかに葵屋で揃えたものだという証言を得たが、その匂袋を開いてみても、伽羅香の他には何も入っていなかった。

しかも、ひそかに書き付けを抜き取ったのは、藤乃というその奥女中ではないか、と吉兵衛は確信ありげに言う。

さらにその匂袋は、龍と虎を刺繍した一対品で、それぞれの袋には、秘密の書き付けが縫い込まれていたという。

そうなれば、書き付けは二枚あったということになり、虎が刺繡されたもうひとつの匂袋は、まだ何者かの手中にあると考える他はない。

谷中の福正寺で殺された藤乃という奥女中が、血だまりの中で美しい死微笑を浮かべていたことも、兵馬には気になってならなかった。

もし藤乃が藩の秘密をめぐる争いに巻き込まれ、影同心の三樹三郎に殺されたのだとしたら、あのように美しい微笑を浮かべられるものだろうか。

死者の枕辺に手向けられていた伽羅香は、いったい誰のために、どのような思いを込めて焚かれたものなのか。

「先生にしちゃあ、手口が甘えぜ。この無宿人野郎を、もう少し締め上げる他に手掛かりはあるめえ」

駒蔵は乱暴なことを言って、兵馬の手ぬるさを責めたが、どうやらこの方面から突き詰めてゆけば、白河藩の政争にかかわることになるかもしれず、そうなれば潰れ百姓の五助が、これ以上に詳しいことを知っているはずはない。

「おめえの言うことは聞いてやったぜ。さあ、今度はおめえがおれの言うことを聞く番だ」

町内で暇つぶしをしてきた番屋の老人から、出涸らしの茶を振る舞われ、ようやく元気を取り戻した五助が、兵馬の袖をとらえて口説きだした。

「おめえはこれからすぐに、入江町の姐さんのところへもどるんだ。おらあ国では一徹者の五助と言われた男だ。おめえが、うん、と言うまではこの手を離さねえ」

「そうした方がよくはねえか」

めずらしいことに、駒蔵までが五助の肩を持った。

「この御時世だ。寝るところがあるってえのは、ありがてえことじゃねえか。先生のような小難しい男を食わせてくれる女なんて、始末屋お艶の他にはありゃしねえぜ」

兵馬は駒蔵の心変わりに動揺して、はかない抵抗を試みた。

「おいおい、おぬしのところに厄介になるつもりで、用心棒を引き受けたのを忘れてもらっては困る。今夜の宿は花川戸と決めてあるのだ」

駒蔵は鼻先でせせら笑って、

「約束は約束。もちろん用心棒はやってもらうが、生憎《あいにく》なことに、あっしのところは寝場所が塞がっているんでね。悪いことは言わねえ、今夜は入江町に泊まりなせえ。明日は明日で、あっしの方から迎えに行きますぜ」

虫のいいことを言って、兵馬を使い放題こき使い、面倒なことはお艶に押し付けようという魂胆が見え見えだった。

思いがけない援軍に、五助は水を得た魚のように勢いづいて、

「どうでもおめえを連れて帰らねえことには、おらあ入江町の姐さんに顔向けがならねえんだ。そうなりゃ、今夜もまた橋の下で寝る他はねえのが、潰れ百姓になったおれの身の上よ。まさかおめえ、そんな殺生なことは言わねえだろうな」

無宿人暮らしの長い五助は、ただで飯を食わせてもらったお艶に、よほど恩義を感じているらしい。

兵馬がたじたじになっているのを見て、駒蔵は搦《から》め手から脅しにかかった。

「御上からのお達しで、このところ無宿人狩りも厳しくなっているからなあ。今夜の寝る場所がねえとなりゃあ、この野郎を浅草溜まりにでも放り込まなきゃならなくなる」

この哀れな無宿人野郎を、見殺しにするつもりですかい、と駒蔵は意地悪そうな笑みを浮かべて兵馬をなじった。

二人に左右から詰め寄られて、兵馬は観念したように苦笑を浮かべた。

「しかしその前に、もうひとつだけ、確かめておかねばならぬことがあるのだが」

「なんだか知らねえが、さっさとすませてしまいなせえ」

「駒蔵親分が拾ったという匂袋の中に、どのような書き付けが縫い込まれていたのか、どうも気になってな」

それさえわかれば、ばらばらに見えている事件が、すんなりと繋がってくるのではないか、と兵馬は低い声で言った。

「とんでもねえ。あちらの方角は願い下げだぜ」

駒蔵は憮然として、兵馬が行こうとしていた銀座方面に顎をしゃくった。

「あわてるな。なにも白河藩の中屋敷に乗り込もうというわけではない」

そりゃそうだろう、と駒蔵はほっとしたように胸を撫で下ろした。

目明かしの駒蔵はもちろんのこと、一介の素浪人にすぎない鵜飼兵馬が、いきなり老中首座松平越中守の私宅に、案内もなしに押し掛けることなどできるはずはない。

「それで、いま思いついたのだが、女のことは女にまかせた方がよいのかもしれぬ」

「どういうことですかい」

駒蔵はいぶかしそうな顔をして問い返した。

「お艶が懇意にしている家に、越中守の屋敷から宿下がりしている娘御がいることを思い出したのだ」

「なんでそのことを、もっと早く言わねえんですかい」

いかにも焦れったそうに駒蔵は文句をつけた。

「このようなことで、お艶に迷惑をかけたくなかったのだが、こう八方塞がりになってしまっては仕方あるまい」

兵馬が諦めたように呟くと、五助は嬉しそうに相好《そうごう》を崩した。

「それじゃあ、今夜は入江町に帰るってことなんだな」

これで話が決まった、とでもいうかのように、日本橋本石町に聳え立つ鐘楼の櫓で、暮れ六つを告げる時の鐘がゴーンと鳴る。

今頃は、お艶が住んでいる入江町でも、昼と夜を分ける入相《いりあい》の鐘が、しめやかに鳴り響いているに違いない。

女人哀歌

一

お艶は兵馬の厚かましさに、内心では腹を立てながらも、この男から頼むと言われては、すげなく断ることもできなかった。

そんな女心もわからずに、と悔しい思いを押し隠し、お艶は持ち前の気風のよさから、屈託のない笑顔を浮かべて請け合った。

しかし、いくら宿下がり中の身とはいえ、御屋敷勤めの奥女中に、藩邸の秘め事を洗いざらい喋らせることなどできるものではない。

「その人の名は、お紺《こん》さんって言いますけど、勤め先の御屋敷では、たしか梅乃《うめの》さまと呼ばれていたと聞いています。梅乃さまがお宿下がりになったのは、人には言えない事情がおありのようですが、そうなればなおのこと、奥向きの秘密など、容易に聞き出せるものではありませんよ」

言われて兵馬が肩を落とすと、お艶は慌てて言い添えた。

「ですから、お紺さんの口がほぐれるようになるまで、あと二、三日、いいえ、五、六日だけ待ってくださいな」

それでも難しいかもしれない、と思いながらも、お艶は惚れた男のために無理をして、できそうにもないことを約束した。

「おめえは、また性懲りもなく、姐さんを困らせるようなことをしているんだぜ」

お艶の顔がほんの一瞬だけ曇ったのを、たまたまその場に居合わせた、奥州無宿は見逃さなかった。

無宿人の五助がお艶を気遣って、兵馬の厚かましさを非難すると、

「いいんだよ、五助さん。あたしはね、こんなことにしか役に立てない女なのさ」

あとは笑って誤魔化《ごまか》したが、いつもの始末屋お艶らしからぬ、怨嗟《えんさ》にも似た心の襞《ひだ》は隠しようがなかった。

兵馬は思わずギョッとして、わけありのお艶に頼み事をしたことを悔やんだが、どう考えてみても、いざとなると頼りになるのはこの女しかいない。

お艶の約束した日にちは、瞬《また》く間に過ぎたが、子分どもを総動員して聞き込みを始めた駒蔵に引きまわされて、兵馬はその後も忙しい日々を送っていた。

「先生も人が悪いぜ。あっしを欺《だま》していたね」

あるとき、駒蔵が血相を変えて、兵馬に食ってかかったことがある。

「花川戸に担ぎ込まれた例の水死人だが、大川から上がったてえのは嘘じゃねえらしいが、案の定、あっしの縄張りから出たホトケじゃなかったぜ。子分どもの調べじゃあ、ずいぶん上流で上がった死骸を、先生はわざわざ釣り舟に乗せて、あっしのところまで運んできたそうじゃねえですか。この忙しいときに、つまらねえ面倒事を持ち込むたあ、いってえどういう了簡ですかい」

駒蔵の聞き込みは徹底していて、些細なことまでも見逃さない。

「それに、あのホトケは水死人じゃあなかった。川流れになる前に、絶命していたってことですぜ。致命傷は、逆袈裟に斬られた鋭い一太刀。こいつは検死に立ち会った藪医者の見立てですがね」

さすがの兵馬も、口角泡を飛ばして怒鳴りまくる、駒蔵の勢いに閉口して、

「そう怒るな。おかげで谷中の一件とも繋がったではないか。それよりも、ホトケの身許は知れたのか」

矛先を逸らそうと話題を転じると、駒蔵はまんまとそれに乗ってきた。

「ありゃ幽霊ですぜ」

いつもの駒蔵らしからぬことを言って、気味悪そうに顔をしかめている。

「どういうことだ」

「あっしの家に担ぎ込まれたのは、五年前にこの世から消えてしまったはずの男だったんでさ。とっくの昔に死んだはずの死体が、今頃になって大川から上がったってことは、どう考えても不思議でならねえ」

「五年前に死んでいたと言うのは？」

「須原屋《すはらや》が出している武鑑を見てわかったことですがね。あの男は五年前から、奥州白河藩の名簿から抹殺されているんですぜ」

須原屋が発行した武鑑《ぶかん》には、本人の死亡により廃絶、と書かれているという。

「あのホトケ、白河藩士であったのか」

兵馬が念を押すと、駒蔵は得意げに小鼻を動かして、

「まぎれもねえ事実でさあ。あの男は青垣清十郎と言いましてね、わずか十五石取りとはいえ、少なくとも五年前までは、武鑑に白河藩士として登録されていたんでさ」

大川端で斬殺された死骸と、白河藩との繋がりを聞いて、やはりそうか、と兵馬には胸の内で納得するものがある。

「それではあの水死人、五助がもう一人の影同心と言っていた男だったのだな」

しかし、微塵流と天流の遣い手だったという二人の影同心が、なぜ斬り合わなければならなかったのか、新しい事実が出てくるたびに、謎は深まってゆくばかりだった。

「ところで、おかしなことに、奥州無宿があれほど恐れていたもう一人の影同心、赤沼三樹三郎の名も、五年前には白河藩の武鑑から消されているんですぜ」

琥珀色のヤニが詰まった煙管《きせる》に、手揉みした紙縒《こより》を差し込みながら、駒蔵はさらに不可解なことを言い出した。

「赤沼三樹三郎と青垣清十郎。いずれも武鑑から抹殺されていた者だとしたら、幽霊が幽霊を斬ったことになる。これは殺しとして成立し難い事件だな」

兵馬は匙《さじ》を投げたように言った。

「くだらねえ冗談を言ってねえで、もうちょっと真面目に考えてくだせえ」

先の見えてこない展開に、駒蔵はかなり苛立っているらしい。

「三樹三郎に殺された御殿女中、藤乃という女の素性もまだわからぬのだ。奥向きのことはお艶に任せてある。あわてずに待つ他はあるまい」

兵馬は悠然と構えているが、妙な事件に首を突っ込んでしまった駒蔵は、呑気なことを言っていられない立場にある。

関八州を襲った豪雨の翌日、濁流の中に発見された青垣清十郎の死骸は、駒蔵の家に担ぎ込まれたときから町奉行所の管轄に移った。

一方、谷中三崎町にある正福寺の離れ座敷で、二人の武士が斬られ、白河藩邸の奥女中が殺された事件は、筋から言えば寺社奉行の管轄だが、寺からも藩邸からも届け出はなかったらしい。

あれほど血なまぐさい斬殺事件が、何もなかったこととして、有耶無耶のうちに揉み消されている。

事件のあった翌々日、兵馬が墓参りを装って正福寺を訪ねると、斬殺されたはずの死体はおろか、廊下や座敷の血痕までが綺麗にぬぐい去られ、血なまぐさい惨劇の跡など、微塵も残されてはいなかった。

駒蔵は博徒あがりの子分どもを使って、江戸市中の聞き込みをさせているが、証拠らしいものは、何者かの手でことごとく隠蔽されており、わずかの手掛かりさえもつかめそうにない。

駒蔵から報告を受けた町奉行所では、面倒を避けるかのように、青垣清十郎を豪雨に流された水死人と見なして、すでに腐爛が始まっている遺骸は、身許改めもないまま回向院の無縁墓に埋葬された。

殺しがあったことはたしかなのに、証拠として残されたものは何もない。

「これだけが唯一の手掛かりだが」

駒蔵はいつも懐に入れている匂袋を、ぎゅっと握りしめながら呟いた。

「御奉行までが逃げ腰では、なんとも手の打ちようがねえ」

いくら力んでみたところで、たかが目明かし風情《ふぜい》の駒蔵が、町奉行所も手出しのできない怪事件に、これ以上かかわってゆくことができるわけはない。

しかし、駒蔵は諦めていなかった。

「死微笑を浮かべた御女中が、毎晩あっしの夢枕に立つんでね」

だからこの事件を、このまま闇に葬ってしまうわけにはいかねえのさ、と駒蔵は、獲物を狙う狼のような声で低く呻いた。

「めずらしいことだな。いつもは欲得ずくでしか動かない駒蔵親分が、手柄になりそうもない事件に、いつまでもこだわっているとは」

兵馬が軽く皮肉を言って混ぜ返しても、駒蔵は気味の悪い薄笑いを浮かべて、

「あっしは生憎なことに、気に食わねえことには、黙って引き下がることができねえ性分なんでね。そういう先生だって、あっしと似たような、悪い癖を持っているんじゃあねえですかい」

かえって品定めをするような眼で、兵馬を見返してくる。

二

江戸を襲った豪雨の傷跡も、日を継ぐごとに収まって、大川の濁流に侵《ひた》された本所や深川の裏店でも、どうにか日々の暮らしが立つようになった。

駒蔵は市中見廻りや御用の合間を盗むようにして、青垣清十郎や赤沼三樹三郎に関する聞き込みを続けていた。

お艶は無宿人たちの窮状を見かねて、残り少なくなった米櫃の底をさらうと、両国橋のたもとで二度目の炊き出しをした。

奥州無宿の五助は、お艶の炊き出しを嬉々として手伝い、大釜の火を絶やさないよう細心の注意を払って、粥が炊き上がってからも、手にした火吹き竹を離さなかった。

炊き出しの列に並ぶ無宿人たちの数が、前回より減っているように見えるのは、大川の氾濫で家を失った人々も、暮らしの目安を得たからに違いない、とお艶は安堵の胸を撫で下ろした。

「これで本当にお終いだよ」

お艶は炊き出しの打ち切りを宣言したが、それを聞いて喜んだのは、お艶の炊き出しを手伝ってきた始末屋の若い衆だった。

二度にわたる炊き出しで、お艶の米櫃はすっかり空になり、おかげで始末屋の若い衆は、水のように薄い粥を啜って、耐乏の日々を過ごさなければならなかった。

兵馬は空腹を抱えている若い衆に遠慮して、始末屋の食い扶持を一人でも減らそうと、花川戸にある目明かし駒蔵の宿へ移った。

その頃になっても、お艶は宿下がりとなった白河藩邸の奥女中、梅乃を口説き落とすことができないようだった。

「わたくしは謹慎中の身ですから」

気晴らしに芝居でも見に行きませんか、とお艶がさりげなく誘ってみても、梅乃は頑として、生家の敷居から出ようとはしなかった。

梅乃は木置き場を差配している伊勢源の娘で、行儀見習いのために屋敷奉公に出たのだが、木場一番と言われた評判の器量と、下町娘らしい機転を見込まれて、奥州白河藩中屋敷の奥女中となって、およそ五年にわたる住み込み奉公をしていた。

御屋敷の奥方からも気に入られ、可愛がられていたという梅乃が、どうして急な宿下がりになったのか、これといった理由もわからないまま、伊勢源では腫れ物に触るようにしているらしい。

伊勢源と懇意にしている始末屋お艶は、お嬢さまの御機嫌伺いという名目で、毎日のように伊勢源の本宅に顔を出しているが、宿下がりの奥女中梅乃、いや伊勢源の娘お紺は、なかなかうちとけようとはしなかった。

お艶が住む入江町から、お紺の実家がある木場へゆくには、竪川《たてかわ》に架かる新辻橋を渡り、竪川と十文字に交叉している横川の流れに沿って、菊川町、深川西町と南下し、横川と垂直に交わる小名木川に架かる新高橋《たかばし》を渡って、川向こうの扇橋町に出る。

そのまま横川の流れに沿って、扇橋町、海辺大工町、清住町代地、北本所代地町、南本所扇橋町代地、猿江町代地、島崎町と、川端の街路を真っ直ぐに南へ下ると、仙台堀と呼ばれている潮入りの水路に突き当たる。

横川と仙台堀が十文字に交わる茂森町から、江戸湾を埋め立てた州崎にかけて、そのあたり一帯は網の目のように複雑な水路が切られている。

伊勢屋源兵衛《げんべぇ》の差配する木置き場は、要橋を渡った取っ付きにあり、箱形に区切られた貯水池には、江戸の市街を造成するための予備建材が、丸太のまま筏《いかだ》のように隙間なく浮かべられている。

入江町から木場までの道程をたどれば、その道筋は至って単純だが、横川に沿って南北に延びている一本道を、か弱い女の足で毎日のように通うとなれば、かなりの距離を歩くことになるだろう。

お艶は水の豊かな横川の流れを左手に見ながら、入江町から木場まで続く真っ直ぐな路を、毎日欠かすことなく往復した。

木場まで出ると海の匂いがした。上げ潮になれば、仙台堀には海水が逆流して、木場一帯が潮の匂いに満たされる。

「娘の気鬱を慰めてもらうのは嬉しいが、こう毎日の通いでは、いくら気丈なお艶さんでも、身体の方が参ってしまうぜ」

お紺の父親、伊勢屋源兵衛は、額にうっすらと汗を浮かべているお艶の身を気遣っ

て、伊勢源から舟を出そうと言ってくれたが、

「いいんですよ。あたしが勝手にやっていることですから」

お艶は袖の裏で額の汗を押さえながら、源兵衛の申し出をやんわりと断って、お紺が蟄居している伊勢源の奥座敷まで歩を運んだ。

「ありがとう。今日はだいぶ元気よ」

縁側からお艶が近づいてきた気配に、薄暗い部屋でうつむき加減になって絵草紙を読んでいたお紺は、なつかしそうな笑顔を向けた。

宿下がりになって、鬱々とした日々を送っていたお紺も、お艶から毎日やさしい声をかけられているうちに、すこしずつ明るさを取り戻してきたらしい。

「よかったわ」

お艶はにっこり頬笑むと、縁側に向き直ったお紺の前に膝を進めた。

「ほんとうよ。お紺さんの笑顔を見ることができて嬉しいわ。だってあなたは、こんな小さな頃から、とっても可愛くて陽気なお転婆さんだったんですもの」

お紺はお艶より一回りほど年下で、始末屋を始めたばかりのお艶が、木場の顔役として売り出し始めた伊勢屋源兵衛に頼まれて、木置き場をめぐる揉め事の始末に当た

っていた頃、お紺はまだ十歳をわずかに出たばかりの小娘だった。

迷路のように入り組んだ木置き場の掘割も、お紺にとっては幼い頃からの遊び場で、溜池に浮かんでいる丸太の上を、父親の源兵衛には内緒で、ぴょんぴょん飛び移って遊んでいたという跳ね返り娘だった。

気の荒い男衆の中で育ったお紺は、年頃になると女の話し相手を欲しがり、十以上も年の違うお艶を慕って、年の離れた姉のように懐《なつ》いていた。

あれから十年がたち、御屋敷勤めで鬱情を知ったお紺を慰めようと、お艶は多忙な始末屋の合間を縫って、毎日欠かさず顔を見せた。

お艶の熱意にほだされたのか、固く閉じられていたお紺の心も、薄皮を剝ぐようにほぐされていった。

「あたしが始末屋だってことを、思い出してね」

お艶はきゅっと締まった形のよい唇に笑みを浮かべた。こういうときお艶の口調は、小娘だったお紺への語りかけに戻っていた。

「何か困っていることや、悩んでいることがあったら、それを始末してあげるのが、あたしの仕事よ。どう？　お紺さんの役に立てるかしら」

そう言われると、お紺は小娘のようなはにかみを浮かべて、さし覗くようにして傾けたお艶の顔を、輝くような切れ長の眼で見返した。

「わたくしのお父さんは、お艶さんの仕事ぶりにいつも感心していたのよ。だから、あなたが有能な始末屋だってことを、わたくしは一度だって疑ったことはないわ」

木場を仕切っている伊勢屋源兵衛が、お艶の仕事ぶりをほめたとしたら、女だてらに始末屋となって、裏稼業のならず者たちと、臆せずに渡りあう度胸のよさだろう。

そんなお艶の生き方は、世間並みの幸せとは縁遠い。

「やくざな仕事よね。自慢できるようなことではないわ」

お艶は静かに眼を伏せて、自嘲するかのように呟いた。

「いいえ、そんなことないわ」

お紺は困惑したように急いで打ち消した。

「実を言うとね。わたくし、お艶さんに始末屋をお願いしようかなって、ずっと迷っていたのよ。でもね、もうその必要がなくなってしまったわ。あの方は亡くなられてしまったのですもの」

お紺は悲しげな眼をしてお艶を見た。

お艶はハッとした。

その人の死が、お紺の宿下がりや、いまも陥っている気鬱の、原因になっているのかもしれない。

「あの方って？」

お艶が思わず問い返すと、わずかに伏せられていたお紺の眼から、一筋の涙がつうっと流れ落ちて、ほんのりと薄桃色をしている柔らかな頬を濡らした。

「とても綺麗な方」

夢見るような声で、お紺は言った。

「女の人なのね」

お艶は直感した。お紺が涙を流したその人は、兵馬が話してくれた死美人と、同じ女なのではないだろうか。

もしそうだとすれば、白河藩邸から宿下がりしている奥女中の梅乃さま、すなわち伊勢源の娘お紺は、血なまぐさい事件の核心から、最も近いところにいた女なのかもしれない。

しばらく眼を伏せて、白い首筋をふるわせていたお紺は、真っ直ぐに顔を上げると、すがるような眼でお艶を見ながら言った。

「あなたの仕事は始末屋よね」

声には甘い響きがあった。

「だったら、迷える心の始末もしてくださるんでしょ?」

お艶は思わずぞっとした。

ひとり鬱々とした日々を送ってきたお紺は、お艶のやさしさに触れることで、小娘の昔にもどってしまったのだろうか。

お艶はわざと突き放すように、

「心の始末をつけるのは、この世にあなたしかいないのよ」

そう言ってから、しばらくお紺の反応を見た。

「お艶さんって、どんなことでも始末をつける人だって聞いていたけど」

お紺は恨みがましい眼をして、真っ直ぐお艶を睨みつけている。

「どうして、わたくしの頼みは聞いてくださらないの?」

うち沈んでいたお紺に、伊勢源の娘らしい勝ち気さが戻ってきたらしい。

「仕事のお話のようですから」

お艶はしゃんと背筋を立てて、わざと他人行儀な口調で言った。

「始末屋の仕事を受けるか受けないかは、ご事情をよく伺ってから決めることにしているんです。もしあたしに始末屋を依頼されるつもりなら、すべてを話していただくのでなくては、お受けすることはできません。その覚悟はあるのですか」

依頼主が些細なことを隠していたために、まちがった判断で動いてしまったことが、お艶にもある。

始末屋という仕事は、依頼主の些細な隠蔽が、命取りにもなりかねない。

「話すわ。いいえ、聞いてください。誰にも言えなかったことで、わたくしの胸は張り裂けそうになっているんです」

これまでよほど堪《こら》えてきたのか、気鬱を装うことでかろうじて保ってきた、禁断の垣を取り払うと、お紺は堰《せき》を切ったように話し始めた。

三

わたくしが御屋敷勤めに上がったとき、その事件はすでに終わったものとされていたのです、と伊勢源の娘お紺は語り始めた。

松平越中守の藩邸に召し出されたお紺は、奥勤めの老女から呼び名を変えるよう命じられ、その日から奥向けの勤めをすることになった。

「お紺では御屋敷の女中らしくありません。今日からは梅乃と名を改め、奥女中藤乃の部屋子となって、当家の行儀作法を躾《しつ》けてもらうがよい」

白壁のような厚化粧をした老女は、濃い紅を差した唇を、梅乃の耳元に近づけると、妙に張りのある低い声で付け加えた。

「そなたは町方の娘ゆえ、この場で申しつけておく。藤乃に何か変わったそぶりが見られたら、ただちにわらわのもとへ届け出るがよい。このこと、くれぐれも他言は無用じゃ。決して藤乃に覚《さと》られてはならぬぞ」

白壁のような老女の顔は恐ろしかったが、木場生まれの町娘お紺は、奥向きの老女に向かって、屈託を知らない無邪気な声で問い返した。

「何故でございますか」

すると老女の白壁に亀裂が走った。

「奥勤めに、何故はいらぬ」

恐ろしい眼で睨みつけられ、これまで気ままに育ってきた伊勢源の娘は、生まれて初めて身が竦むような思いをしたという。

白河藩邸の奥を仕切っている老女が、何故あのようなことを言ったのか、初めて屋敷奉公に出たばかりの梅乃に、奥向きの事情などわかるはずはなかった。

梅乃に御屋敷の行儀作法を教えてくれた藤乃は、華やかさの中にもどこか翳《かげ》りのある謎めいた美人だった。

「そういうところが、かえって男心をくすぐるらしいのよ」

奥勤めの同輩となった古株の年増女中が、いきなりすっと身を寄せて、梅乃の耳元で囁くように言ったことがある。

「女としてうらやましいような話だけど、この御屋敷で恋は御法度。藤乃さまのご不幸が始まったのは、多くの殿方から思いを寄せられたからなのよ」

奥州白河藩では、藤乃をめぐる恋の鞘当てを咎められ、前途有為な若い藩士たちが、禄を失い、国を追われたと言われている。

藩の処罰は、当然のこととして、鞘当ての原因となった藤乃にも及ぶべきところを、たまたま国入りしていた殿様が、

「身に咎なき者を罰する謂《い》われはない」

と藤乃の身柄を城中に引き取って、

「原因を取り除けば争いも起こるまい」

と寛大な処置を下し、国を離れるとき、藤乃を江戸参勤の行列に加えて、江戸屋敷まで連れて来たのだという。

「藤乃さまは、江戸のお生まれではないのですか？」

白壁を塗ったような老女の脅しにも懲りず、梅乃はこのときも無邪気な顔をして、消息通の同輩に向かって問いかけた。

「いいえ、藤乃さまは正真正銘、奥州の白河生まれ、白河育ちの方なのよ。国元で殿様のお目に留まって江戸へ連れて来られ、中屋敷の奥方様に預けられたの。奥方様は楚々とした藤乃さまを気に入られたらしく、奥女中として中屋敷に引き取られ、そのまま奥方様付きになったのですよ」

藤乃が見かけによらない数奇な来歴を持っていることは、奥勤めの女たちのあいだで、さまざまに取り沙汰されているらしかったが、奥方様が寵愛している奥女中を、悪《あ》しざまに言うことは憚《はばか》られた。

藤乃は奥方には重用されていたが、女どうしでは嫉妬の情もあって、奥勤めをしている同輩たちの中で孤立しているらしかった。

表向きは同輩からも、藤乃さまと呼ばれて尊重されていたが、色恋がらみの刃傷《にんじよう》沙汰まで起こした白河を離れ、奥方付きとして江戸屋敷に勤めるようになってからも、藤乃は針の筵に座らされているような毎日であったに違いない。

藤乃をめぐる争いのために、有為な若侍たちが身を滅ぼしたという噂は、男禁断の奥女中たちのあいだでは格好の話題にされていた。

藤乃は、男たちを狂わす魔性の女なのか、それとも、男女の愛欲など超越した、けがれなき聖女なのか。

あるいは、男たちの愛を受け入れることを知らない、心の冷たい女なのか、とも噂され、まるで人非人を見るような、ねたみ深い視線を送られたこともあるという。

町娘として育った梅乃の、屈託のない無邪気さに接することは、そのような日々を送ってきた藤乃にとって、唯一の安らぎであったに違いない。

藤乃は梅乃を愛した。

気を許せるほとんど唯一の相手として、三歳ほど年下の梅乃に、心の襞までも見せるようになっていったという。

藤乃さまがわたくしを相手に、問わず語りに聞かせてくださったお話は、同輩たちの悪意ある噂とは全く別なものでした、とお紺は言った。

男たちを狂わす魔性の女、男たちの愛を受け入れることのできない心の冷たい女、というあの方への非難が、どれほど見当違いのものであったことか、それを思うと悔しくて、夜も眠られないほどでした、とお紺は夢見るような眼をしてお艶に言った。

でも藤乃さまは、冷たいどころか、はたで見ていても気の毒になるくらい、情の深いお方だったのです、とお紺は続けた。

多くの殿方から思いを寄せられて、どなたの情にも誠実にお応えしようとしたあまり、藤乃さまは底なし沼に足を踏み入れてしまったような、深い悩みに陥ってしまわれたのです、と言ってお紺は深い溜め息をついた。

藤乃をめぐる恋の鞘当てから、血気に逸《はや》った若侍たちが、城下で斬り合ったのは事実だという。

でもそれは、勝手な妄想に駆られた若侍たちの勇み足で、藤乃さまとは何のかかわりもないことなのでした、とお紺は言う。

そのような事件が起こるたびに、藤乃さまの悩みは深くなってゆくばかりでした。でもその頃はまだ、藤乃さまのお心を奪うような殿方は、誰一人としていらっしゃらなかったのです。

それなのに、男たちに思いを寄せられたことで処罰されるなんて、藤乃さまから見れば、とんだ飛ばっちりね、とお艶は腹立たしい思いで相槌《あいづち》を打った。

お艶さんも、同じような悩みを抱えているのね、と言って、すっかり木場の娘に戻ったお紺は、悪戯《いたずら》っぽく笑った。

何を言っているの、あたしはもうおばあさんよ、そんな時期はとっくに過ぎてしまったわ、と言いながらも、兵馬の面影が瞼の裏にちらちらと浮かんで、お艶は何故か知らない悔しさのあまり、思わずぎゅっと唇を噛んだ。

お紺はくすくすと笑ったが、ふたたび夢見るような眼をして語り始めた。

四

言い寄ってくる男たちを、適当にあしらうには、あまりにも藤乃は情が深すぎた。

そのためにかどうか知らないが、藤乃に付け文をしたり、家を覗きに来たりしていた軽薄な若侍たちは、城下での斬り合い沙汰を咎められて、俸禄を削られたり、領内から追放されるという憂き目に遭った。

まだおぼこ娘にすぎなかった藤乃が、魔性の女、と噂されるようになったのは、この頃からのことだったという。

あの女に惚れた男は身を滅ぼす、という悪意ある風評は、当人の藤乃とはかかわりのないところで一人歩きをしていた。

おのれをめぐる争いごとに、藤乃は人知れず苦しみはしたが、だからといって、顔も名も知らない男たちに、胸を焦がされるようなことはなかった。

「それが女にとって、幸せなことなのか、不幸なことなのか、わたくしにはわからない」

とお紺は呟くように言った。

「でも、あまりにも情の深すぎる藤乃さまは、いつも満たされない思いに苦しんでいられたに違いないわ」

思いを寄せられるより、いっそこちらから思いを寄せてみたい、と思っていたに違いない、とお紺は言う。

「きっと藤乃さまは、そのときが来るのを、ひそかな憧れをもって待っていたのよ。そして、そのときが来るのを、誰よりも恐れていたのではないかと思うの」

しかし、来るべきときは容赦なく訪れ、とうとう藤乃の方から、熱い思いを寄せるような男があらわれたのだという。

「これは絶対に秘密よ、と藤乃さまからは念を押されていたけれど、でも、あの方が亡くなられてしまった今となっては、藤乃さまのあらぬ汚名を雪《すす》ぐためにも、思いきってその人の名前を言うわ」

意を決したようにお紺は言った。

「お相手は二人だったの」

お紺はためらいがちに付け加えた。

「あの方の心を奪うことになる殿方が、ほとんど時を同じくして、二人もあらわれてしまったの。藤乃さまは二人の殿方に挟まれて、ずいぶんと悩んだそうよ」

お紺は少し間をおいてから、畳み込むようにして言った。

「だって、藤乃さまは、そのお二人を、どちらも同じくらい、愛してしまったというのですもの」

「わかるわ」

お艶は頷いた。

そういう巡り合わせだったのかもしれない、とお艶としては思うより他はない。好きな男があらわれるのは、いつだって女の都合どおりにはいかないもの。

「どう。お艶さん」

お紺は勝ち誇ったように言った。

「冷たい女とか、魔性の女とか、藤乃さまを誹謗する意地悪な噂が、どれほど見当違いのものだったかってことが、これでわかったでしょ」

そして、一語一語を噛みしめるかのように、

「むしろ藤乃さまは、熱い思いを、持てあましていた女なの」

言いながら、お紺の声はしだいに熱を帯びてきた。

「殿方の思いを拒否したり、相手を焦らしたりするよりも、すべてを受け入れてあげたいと悩んでいた、情の深すぎる女なのよ」

「わかったわ」

お紺をいたわるかのように、お艶はなんども頷いてみせた。

「藤乃さまが思いを寄せられた殿御の名は……」

お紺はしばし言いよどんだが、みずからを励ますように、ゆっくりとした口調で言った。

「御徒組の赤沼三樹三郎さま。そして、小姓組の青垣清十郎さま。藩内屈指の剣の遣い手、といわれたこのお二人が、藤乃さまが身を焦がすほどの思いを寄せ、死をも辞さないほど愛された殿方だったのよ」

覚えておかなくては、とお艶は思った。

兵馬が知りたがっているのは、藤乃とこの男たちとのかかわりなのではないか、という直感がお艶にはある。

しかし、藤乃の秘事を兵馬に伝えることによって、これほどあたしを信頼しているお紺を、裏切ることになるのではないか、という思いがお艶を苦しめた。

好きになった男を滅ぼしてしまう魔性の女、という藤乃に対する誹謗中傷は、すぐに現実のものとなってあらわれた。

御徒組の赤沼三樹三郎は、身に覚えのない辻斬りの嫌疑を受けて、城中の牢に繋がれ、小姓組の青垣清十郎は、確たる理由もないまま小姓組を罷免され、藩老から蟄居閉門を申し渡された。

「わたくしは、好いた殿御を破滅に追いやる、魔性の女なのだろうか」

藤乃は身も世もないほど苦しみ、みずからの宿業を呪ったが、またしても二人の男を破滅させてしまった藤乃に対する周囲の眼は冷たかった。

藩の規律を乱すあの女を、今度こそ処罰せよ、という藩内の風潮は強く、藤乃は帰宅を許されないまま、奥勤めの同僚たちから、城中の女中部屋に軟禁されてしまった。

愛する男を、二人ながら破滅させてしまった藤乃も、自殺を考えるほど苦しんだが、たまたま国入りした殿様に拾われて江戸参勤の行列に加えられ、白河藩江戸屋敷に身柄を移された。

むしろ藤乃の業苦《ごうく》は、このときから始まったのかもしれない。

国元の噂は、とうぜん江戸屋敷まで伝わっていた。

江戸の中屋敷は、藩主の奥方に仕える奥女中たちが住んでいる女所帯で、みだりに男たちの立ち入りを許さない禁断の園だった。

白河藩中屋敷では、女主人の奥方様を中心に、老女、上臈、中臈、御次《おつぎ》などの奥女中たちが、女だけの世界をつくっている。

その下に、仲居、御末《おすえ》などの下働きがいるが、中屋敷に勤めるのはすべて女ばかりで、多少の力仕事にも男手を煩《わずら》わせない。

もちろん、恋は御法度で、露見すれば死罪とされているが、いまだに処刑された御女中の噂を聞かないのは、死を賭してまで思いを寄せるほどの相手が、身近にいないせいもあるだろう。

しかし、若い女たちの常として、いかに上品に構えている中屋敷でも、老女の眼が届かないところでは、男たちの噂が絶えないという。

仲居や御末など、下々の女たちは、仕入れや使い走りなどの関係から、屋敷外との接触も多いので、露骨な下ネタにもなじみがある。

屋敷勤めの女たちが、こそこそと囁き合って、下卑た笑い声を立てているときは、たいてい露骨な下ネタ話か、屋敷内に出入りする男たちの品定めに決まっている。男とは無縁な暮らしをしているだけに、男とかかわりを持った女に対する、奥女中たちの嫉妬心は異常なほどに強かったという。

白河藩の中屋敷でも、多くの男たちを破滅に追いやったという藤乃を、こころよく思っている女たちはいなかった。

しかし、殿様のお声がかりの女であり、奥方様のお気に入りという藤乃を、悪し様《あざま》に言うことは憚られたし、男たちを破滅させたといっても、そうなったのは男たちの勝手な思い込みであって、藤乃とは直接かかわりがあるわけではない。

表立って非難することができないだけに、藤乃に対する同僚たちの嫌がらせは、むしろ陰湿なものになっていった。

そのため、江戸の屋敷勤めは、中臈として厚遇されているはずの藤乃にも、針の筵に座らされているような日々であったに違いない。

町方から奥勤めに入ったお紺が、行儀見習いとして部屋子になるまで、藤乃には心を許せるような同僚が誰もいなかった。

木場で育ったお紺の、さばさばした気風と、老女の脅しにも屈しない無邪気さに、藤乃は救われたような気がしたという。

五

しなえやしなえ
小笹も風に
そなた忍べば人が知る
よそには咎もないものを
君を見しよりあこがるる
いっそおよばぬ恋ゆえに
いとど思ひはいや増して
こぼるる涙の明け暮れに
乾く間もなきわがたもと

木場の若い衆が、木遣《きや》り唄を歌いながら筏乗りをしている。

筏乗りは木場の名物で、掘割に浮かべた木材を、満遍なく水に漬けるため、威勢のいい若い衆が、丸太に飛び乗ってくるくると廻すのだ。

丸太の回転につれて、渦巻くように水しぶきが飛ぶ。しぶきを浴びた若い衆は、一斉に木遣り唄を歌いながら、丸太から丸太へと飛び移ってゆく。

木置き場から聞こえてくる、若い衆の節回しをまねて、お紺は小さな声で木遣り唄の一節を口ずさんだ。

「よそには咎もないものを、いっそおよばぬ恋ゆえに。お可哀相な藤乃さま」

膝に手を置いたまま、お紺は身じろぎもせずに涙を流した。

どのような手蔓があるのか、奥女中の藤乃が殺されたことを、お紺はすでに知っているらしい。

「国元から引き離されたことで、藤乃さまの恋は終わったものと思われていたのです」

しばらくのあいだ、声もなく泣いていたお紺は、やがて気を取り直したかのように、抑えた声で話し始めた。

「でも、そうではありませんでした。江戸藩邸の近くで、青垣清十郎さまの姿を見たという噂が立ったのです」

藤乃との仲を裂かれた青垣清十郎は、国元で蟄居を命じられているはずなのに、いつの間にやら江戸に出て、白河藩邸の者にその姿を見られてしまったらしい。

これも国元からの噂によれば、清十郎は藩籍を削られ、領内から放逐されたということだった。

「それとは別な噂もあって、青垣さまは藩老の密命を帯びて、危ない仕事に携わっている、とも言われていたのです」

藩の密命によって、領内を探索していた青垣清十郎が、白河領の百姓たちから、影同心と呼ばれ、恐れられていたことは、この話を初めて聞くお艶はもちろん、藤乃の部屋子だったお紺も知らない。

「それだけではないのです」

お紺は恐ろしそうに眉を曇らせた。

「この江戸で、赤沼三樹三郎さまの姿を見た、という噂もあったのです」

辻斬りの嫌疑を受けた赤沼三樹三郎は、なんの取り調べもないまま、白河城の牢に幽閉されているはずだった。

「藤乃さまに思いを寄せる二人の殿方が、ほとんど時を同じくして、幽閉されていた牢を破り、国禁を犯して江戸に出てきたのです」

奥州無宿の五助が、ひそかに影同心と呼んで恐れていたのは、辻斬りの嫌疑で牢に繋がれていた微塵流の遣い手、赤沼三樹三郎の方だった。

むろん、お艶はそのことを知らない。

「藤乃さまに逢うため、お二人は国禁を犯したというわけね」

魔性の女、という藤乃への誹謗中傷は、事件が起こった国元だけではなく、江戸の藩邸でも囁かれるようになった。

「白河藩の殿様は、このようなことには、とりわけ厳しい方でしたので、藩邸では表立って噂する者は誰もおりませんでしたが、その分だけ、藤乃さまに向けられる人々のまなざしは、厳しく冷たいものがあったのです」

赤沼三樹三郎と青垣清十郎が、国禁を犯して江戸に出てきたというのに、江戸屋敷の宿老たちは意外に冷静だった。

それというのも、影同心と呼ばれる二人の男は、藩の密命を受けて動いていたからかもしれないし、あるいは、藩籍から削った者にかかわりを持つ必要はない、と軽く扱われていたからかもしれなかった。

いずれにしても、赤沼と青垣の二人は、藩の重職から見れば、取るに足りない小者、としか思われてはいなかったのではないだろうか。

「でも、藤乃さまにとっては、どちらも大切な殿御だったのです」

中屋敷に住む女たちが、寄ると触るとこの噂に熱中したのは、藤乃を争う二人の男が、いずれも剣の遣い手であり、二人の出遭いは命の遣り取りになるに違いない、という期待と不安が、入り混じっていたからに他ならない。

「わたくしが御屋敷に上がって、藤乃さまの部屋子になったのは、ちょうどその頃のことでした。藤乃さまは女としての歓喜と、二人を失うのではないか、という恐怖に襲われ、しばし失神するほど悩まれていたのですが、人前ではそのような気ぶりは微塵も見せず、いつもと変わらない顔をして、奥の勤めに励んでおられたのです」

あるとき藤乃は、是非とも頼まれて欲しいことがある、とお紺の耳元で囁いた。

龍虎一対の匂袋を作って欲しい。その中にわたくしが秘蔵しているこの香木を入れ、秘密の手紙を縫い込んでもらいたい。わたくしが縫えばよいようなものだけれど、女の誠意をその一品に籠めて、最高級の匂袋にしたいから、と藤乃は言ったという。

中臈の藤乃ともなれば、滅多に屋敷を出ることもできないが、同じ奥女中といっても部屋子の梅乃なら、気軽に市中を出歩くことも難しくはない。

「わたくしの一存で、前から伊勢源と取引があった、日本橋の葵屋吉兵衛さんに頼むことにしたわ。腕のよい縫子を抱えているあの店なら、最高級の匂袋を作ってもらえると思ったからよ」

もちろんお紺は、伊勢源の娘であることを隠して、さる大名家の奥女中として、藤乃から借りた女駕籠で、威風堂々と葵屋吉兵衛の店先に乗り付けた。

「あのときの吉兵衛さんの、おかしな顔ったら、お艶さんにも見せてあげたいくらいよ。わたくしがツンと澄まして、最高の匂袋を作るように、と命ずると、吉兵衛さんったら、妙にかしこまって、困った顔をするの。そのくせ、いやらしい眼付きをして、ちらちらと盗み見しているので、わたくしはわざと意地悪く、横柄に振る舞ってあげたわ。吉兵衛さんはますます恐縮して、わたくしどもでは、匂袋のような小物は扱っておりません、なんて言うから、一対の龍虎を刺繍すれば、手間賃はそれに上乗せしよう、と言ってあげたの。それでも渋っているようだから、商売人が客の注文に応じないのは無礼ではないか、と怒ったふりして脅したら、吉兵衛さんはやっと引き受けてくれたわ。あの人は商売上手のお金持ちらしいけど、権柄づくの脅しには弱いのね」

女癖が悪いと評判の葵屋吉兵衛が、奥勤めに出た小娘から、まんまと手玉に取られたと聞いて、お艶は思わず声を立てて笑った。

宿下がりしたお紺の気鬱は、お艶と話しているうちにすこしずつだがほぐされて、しだいに木場の娘らしい闊達さを、取り戻してきつつあるらしい。

龍と虎の刺繡ができた頃を見はからい、お紺はふたたび黒塗りの女駕籠に乗って、葵屋吉兵衛の暖簾をくぐった。

「藤乃さまから預かった、貴重な二片の香木と、手ずから書かれた二通の書き付けを、龍と虎、一対の匂袋に、縫い込んでもらうためなの。人に読まれてはならない文だから、きちんと縫い込まれるまで見届けてね、と藤乃さまから言われたの」

お艶は興味を引かれるまま問い返した。

「どんな書き付けなのかしら」

お紺はかぶりを振った。

「人に読まれてはならない文だから、そのまま縫子に渡しては駄目、と言われていたのよ。もちろん匂袋に縫い込まれる文書だから、迷い札か護符のような、小さなものにすぎなかったけど」

言われたとおりにしたらしい。お紺はその場に立ち会って、伽羅の香木と藤乃の書いた護符のような文が、匂袋に縫い込まれるのを見届けた。

六

驚いたことに、あれほど厳重な屋敷で、藤乃は情人たちとの逢い引きを重ねていたのだった。

「はじめはあたしも気づかなかったわ。逢い引きといっても、藤乃さまとほんの数語を交わすために、赤沼さまと青垣さまは、まるで幽霊のように、屋敷の奥深くまで忍び込んで来られるんですもの」

赤沼三樹三郎と青垣清十郎は、藩の密命を帯びた影同心として働いているうちに、おのずから忍びの術を身に着けるようになっていたのかもしれない。

「もちろんお二人は、それぞれ別々に忍び込んで来られるのですけど、いつかは鉢合わせするときが来るに違いないって、藤乃さまは覚悟を決めていたみたいですよ」

二人の情人を前にして、どちらかを選ばなければならないときがきっと来る、と藤乃はかなり思いつめていたらしい。

どちらとも選べない。でも必ず訪れるそのとき、どうしたらよいのだろうか。

「後になって、あたしに打ち明けてくだすったことですけど、藤乃さまは二つの匂袋に、運命を委ねようとなさったのよ」

これはお紺が宿下がりを命じられる直前に、藤乃から聞いた話だという。

「匂袋に縫い込まれた文《ふみ》に、どのようなことが書かれていたのか、あたしはそのときになって、初めて知らされたんです」

言っているうちに、おのずから溢れてくる涙を、お紺は止めることができなかった。

「一枚の文には、どうかわたくしを殺してください。もう一枚の文には、わたくしと一緒に生きてください。ほんとうに護符のような、短い文しか書いてなかったというの」

藤乃はそれぞれの紙片を、別々の匂袋に縫い込ませたが、龍と虎が刺繍された小袋のどちらに、どの紙片が入っているのか、文を書いた藤乃、縫い込んだ針子、それを見届けたお紺の誰にもわからなかった。

文と一緒に縫い込まれた伽羅香は、まだ三人が白河領にいた頃から、藤乃がどこにいるのかを、情人たちに知らせるために焚かれていた香木だという。

「たとえどれほど濃い闇の中でも、伽羅の香りをたどってゆけば、藤乃さまの居場所を探り当てることができたのね」

伽羅香を焚くことによって、情人たちを御屋敷の奥まで誘い込んでいたのだとしたら、藤乃は噂どおり、魔性の女ということになる。

「藤乃さまは、そのときがくるのを待っていたのです」

二人の男に与える匂袋には、今度こそあなたのところに行きたい、という藤乃の思いが籠められていたに違いない。

その匂袋が開かれたとき、藤乃は生か死のいずれかを、情人たちの手に預けることになるだろう。

「そして、ついにそのときが来たのです。あたしは見張りを頼まれたので、初めて顔を合わせた三人の間に、どのような遣り取りがあったのかは知りませんが、三人の密会と言っても、それほど長いことではなかったわ。あたしが気づいたときは、すでに赤沼さまも青垣さまも、まるで影のように消えてしまわれて、後にはすっかり虚脱した藤乃さまが、それこそ死んだようになって、臥所《ふしど》の上に横たわっていたのよ」

その夜の闇は格別に深かったという。

藤乃はそれ以来、何かを期待していたらしい。

生か死かの知らせを持って、ふたたび男たちが来るのを待っているらしかったが、藤乃が生と死のどちらを望んでいるのか、いつも傍らにいるお紺にもわからなかった。

「そして、あの大雨の数日前かしら、待ちわびていた知らせが届いたの。藤乃さまが愛用している文箱の中に、短い手紙が入っていたということです。あの人が待っている、わたくしは行かなければなりません、と藤乃さまは凄いほど美しい顔をなさってこう言ったわ。あなたはすぐに宿下がりをしなさい。そうでなければあなたの御実家にまで迷惑が及びますよ。一日だけ待ちましょう。そのあいだにこの屋敷から出て、わたくしのことを忘れなさい。藤乃さまはそう言われると、まるで花嫁衣裳を整えるようにして、楽しげに身のまわりを整理されたの。でもあたしには、それが死装束のように思われて、流れ出る涙を止めることができなかったわ」

奥女中の梅乃は、親の病気を理由に宿下がりを願い出て許され、生まれ在所の木場に帰って下町娘のお紺に戻った。

その後で藤乃がどうなったのか、お紺には消息を知る手だてはなかったが、本所や深川を水浸しにした豪雨の降り続いた前日に、白河藩の中屋敷から出た女駕籠が、数人の武士たちに守られて北へ向かったという知らせがあった。

お紺の気鬱を心配した伊勢屋源兵衛が、木場の若い衆を手配して、白河藩中屋敷のようすを、それとなく探らせていたからだという。

藤乃さまに違いない、とお紺はとっさに思ったが、その女駕籠がどこへ向かったのか、肝腎なことは何もわからなかった。

その翌日から豪雨になった。

木置き場の掘割には、泥で濁った赤黒い水があふれ、貯蓄していた材木が流れ出すという被害に襲われた。

お紺の実家である伊勢源でも、蓄えた丸太が流れないよう、若い衆が総出になって、丸太を筏に組み、掘割に杭を打って、木材の流出を防ごうとしたが、豪雨は容赦なく襲いかかり、丸太は暴れて若い衆をはじき飛ばし、奥座敷に引き籠もっていたお紺までが駆り出され、担ぎ込まれた怪我人の手当に追われた。

洪水の後も、藤乃のゆくえは杳《よう》として知れなかったが、伊勢源の若い衆が、あの方はどうやらこの世の人ではないらしい、という悪い噂をお紺に伝えた。

気鬱を病む娘の身を案じた源兵衛が、固く口止めしていたらしいが、若い衆の聞き込みといっても、厳重な大名屋敷のことであり、それ以上は調べることができなかったという。

夢見るような眼をしてお紺は言った。

「藤乃さまは、死に向かって真っ直ぐ歩いてゆかれたのです。きっと喜んで、この世にないような美しい笑みを浮かべて」

そのようにしか生きようがなかった女、死ぬことによってしか成し遂げられなかった恋のゆくえを、藤乃はみずからの宿業として受け入れたのだろうか。

お紺の長い話を聞き終わったとき、宵闇はすでに文目《あやめ》もわからないほど濃くなって、木置き場に打ち寄せる波の音が、意外なほど近くから聞こえてきた。

「きっとまだ終わってはいないわ」

やっと町娘らしくなったお紺が、また気鬱に取り憑かれないように、お艶はそう言って力づけたが、気休めで片が付くものなど何もない。

お艶はそのときの重い気分を引きずったまま、横川の岸辺を歩いて入江町へ向かった。

これを兵馬に伝えるべきかどうか、お艶は迷っていた。

兵馬や駒蔵が調べているという事件と、お紺が語った遣りきれない話が、何処でどう繋がっているのか、いまのお艶にはわからない。

藤乃への評価にしても、おのれの運命に立ち向かっていった果敢な女なのか、運命に翻弄された哀れな女なのか、お紺の話を聞いただけでは判断が難しい。

お紺が伝えてくれた話には、もっと別な面があるのではないか、とお艶が思うようになったのは、横川が小名木川と十文字に交わっている、深川西町まで来たときだった。

横川には南に扇橋が架かり、北には猿江橋が架かっている。

同じ横川に二本の橋が架かっているのは、横川と垂直に交わる小名木川が垂直に合流しているからだ。

小名木川と横川は、どちらも人の手によって開削された運河だが、東西に流れる小名木川と、南北に流れる横川の合流しているこのあたりは、逆巻く波が渦となって、水のゆくえもわからなくなる。

小名木川には新高橋が架けられて、横川に沿って南に連なる扇橋町と、北に連なる深川西町を繋いでいる。

橋を渡れば別の町に出られる、とお艶は思った。

男と女のあいだに横たわっている深い川は、すぐそこに向こう岸が見えるようでいて見えないところがある、とお艶はふと思った。

橋を渡ろう、とお艶はそのとき決めた。

男の川と、女の川は、それぞれ別の町を流れてきたものだと思えばよい。

女のお紺やお艶には見えなかった別な面が、兵馬に話せば見えてくるのかもしれない。

兵馬に藤乃の物語を話すことが、お紺への裏切りにはならないと思ったのだ。

有情《うじょう》の剣

一

目明かし駒蔵のねぐらに転がり込んでいた鵜飼兵馬が、御庭番倉地文左衛門から、急な呼び出しを受けたのは、お艶がそっと訪ねてきた翌日のことだった。

泥濘《ぬかるみ》に汚れた花川戸の路地を、水溜まりを避けながら拾い足で歩いていた兵馬は、飴売りに扮した小肥りの男に声をかけられ、宛名も差出人もない結び文を手渡された。

巷間《こうかん》に身を沈めている兵馬の本業が、諸大名にまで恐れられている御庭番宰領とは、目明かしの駒蔵にも知られてはいない。

兵馬が隠密御用を務めていることは、駒蔵のような町方はもちろん、倉地とは同業の御庭番十七家にも秘密にされている。

倉地文左衛門にしてみれば、兵馬は謂《い》わば隠し玉で、他の御庭番仲間が宰領として使っている、商家の手代や、渡り職人などとは格が違う。

兵馬ほどの剣客を、宰領に使っている御庭番は、紀州以来の家筋、御庭番十七家の中にも、倉地文左衛門の他には誰もいないだろう。

その代わり、隠れ宰領となった兵馬には、たとえどれほど危険な目に遭おうとも、何の保障もないし、隠密御用の拝命がなければ、宰領の手当も出ないという、不安定な立場に置かれている。

そもそも、ふらりとお艶の家を出た兵馬が、安宿を転々とした末に、目明かし駒蔵のところへ転がり込む羽目に陥ったのも、わずかな収入源だった隠密御用の仕事が、用済みになってしまったからに他ならない。

だいたいにおいて、兵馬の雇い主である御庭番倉地文左衛門さえも、いまは暇を持てあまして、魚釣りばかりをしているありさまだった。

「めずらしくも、御用の筋か」

頭に盥《たらい》を載せた飴売りから、宛名のない結び文を渡されたとき、兵馬は久しぶりに仕事を得た喜びよりも、かえって不吉な思いに襲われた。

倉地と兵馬には、あらかじめ暗黙の了解があって、文の結び方で急用かどうかがわかるようになっている。

手渡された結び文は、不均衡な左結びになっている。

これは緊急を要する知らせであり、しかも危険をともなう、禍々《まがまが》しい仕事になるという暗号だった。

「どうやら一刻を争うことらしいな」

飴売りに扮した小肥りの男は、兵馬にすばやく結び文を渡すと、わざとらしい道化た身ぶりで、テンツクテンと太鼓を叩きながら、ふり返りもせずに行ってしまった。

結び文を開いてみれば、

『御用の筋あり。急ぎ来られたし。例のところにて待つ』

この一行を、墨跡も黒々と書き流しているだけで、用件に触れるようなことは何も書かれていない。

流れるように崩れた特異な筆跡から、兵馬にはかろうじて倉地が書いた文字ということは判断できるが、たとえ敵の密偵にこれを盗まれたとしても、おそらく何を書いてあるのかわかることはないだろう。

倉地がこのように、わざと判読不能な文字を書くときは、よほどの緊急事が発生したとみてよい。

このような結び文を受け取ったときには、食事の途中だろうが、排便の最中だろうが、女と同衾中だろうが、すべてを放り出して、衣裳も改めず、着の身着のまま、大急ぎで駆けつけなければならない、という約定が交わされている。

兵馬はぞろりとした着流しのまま、裾に泥濘のはね散るのもかまわず、地を蹴るようにして、日本橋の室町にある喜多村《きたむら》へ向かった。

緊急の結び文を受け取ったときには、喜多村の奥庭に面した閑静な離れで、倉地と落ち合うことになっている。

倉地が指定した喜多村は、神君家康公が江戸入りした頃から町年寄を務める旧家で、代々の当主は彦右衛門《ひこえもん》名を踏襲している。

喜多村家の使用人は、たまにしか来ることのない兵馬のことをよく覚えていて、顔を見るなり黙って奥へ案内した。

彦右衛門の指示は徹底していて、倉地がその部屋を使用しているときは、離れに近づく者は誰もいない。

女中は茶を運ぶだけで姿を見せないが、床の間に飾られた掛け軸や置物を見ても、一流の料亭も及ばないほどに、客人への配慮は行き届いている。

倉地は先に来て待っていた。

「斬ってもらいたい者がいる」

兵馬が席につくのも待たず、倉地は、緊急を要する隠密御用であると、いつになく落ち着きのない声で告げた。

「誰をです」

兵馬は不機嫌そうに問い返した。

倉地のいつにない言い方に、軽い反発を覚えたのは、御庭番宰領はしているが、おれは命じられるままに人を斬る殺し屋ではない、という矜持《きょうじ》があるからだった。

倉地もそれに気づいて、

「その男の名を言っても、おそらくおぬしにはわかるまい」

手短にそのわけを説明した。

「事の発端は、先日おぬしが釣り上げた水死体、いや、斬殺死体にあるのだから、満更かかわりがないわけではない」

あの件に関して、町奉行所の扱いは軽く、豪雨で増水した大川の濁流に呑まれた溺死人と一緒に、回向院の無縁墓に投げ込まれたが、その前に行われたという検死では、斬殺死体と判断されていたらしい、と倉地は言った。

「そこには何らかの配慮があった、と見た方がよいだろうな」

死骸に刻まれた鋭い斬り口を見ている倉地も、ただの溺死体として扱った町奉行所の遣り方に、疑念を抱いているらしい。

「そう思われる根拠は、何でござろうか」

将軍家の諜報を預かっている御庭番が、臆測だけでものを言うはずはない、と兵馬は思っている。

「どうやら御老中は、あの水死体を見知っておられるらしいのだ」

倉地は意外なことを言い出した。

「溺死にせよ、斬殺にせよ、荒波に揉まれたあの死骸は、引き上げられたときから破損がひどく、誰と見分けが付くような状態ではござらなかったが」

兵馬は疑わしそうな眼をして、妙なことを言う倉地の顔を見返した。

「むろん、要職にあられる多忙な御老中が、みずから死骸を調べられたわけではない。ただ、御老中の申されることの端々から察するに、あるいは溺死体の由来を、御存知なのではないかと思われるのだ」

しかし、それは倉地の推測したことで、老中がみずから、溺死人を知っている、と言ったわけではないらしい。

「そのことを確信したのは、これまで御用済みとなっていた隠密御用を、御老中から申し渡されたときなのだ」

倉地は一息つくと、またしても意外なことを言って、兵馬を驚かせた。

「このたびの隠密御用は、将軍家の御命令ではないのでござるか」

兵馬はまさかと耳を疑った。

「さよう。わしも驚いた」

そもそも御庭番とは、御三家紀州藩から出た八代将軍吉宗が、江戸入りにあたって紀州から連れてきた隠密集団で、将軍に直属する諜報機関として、老中、若年寄など、三河譜代からなる旧幕閣とは、むしろ対立する立場に置かれていたはずではなかったか。

ところが、権勢家の田沼意次を追い落として、老中首座になった松平定信は、はじめに御庭番を置いた有徳院吉宗公の孫で、天明八年の三月四日、将軍補佐に任命されると、ただちに、若年寄酒井忠香《さかいただか》、老中水野忠友《みずのただとも》、老中松井康福《まついやすよし》、若年寄奥平忠福《おくだいらただよし》などの田沼派を次々と罷免し、着任してから一ヶ月足らずのあいだに、幕閣の旧勢力を一掃してしまった。

紀州派が幕閣を握ったからには、三河譜代派の幕閣と、紀州出の将軍という幕府内の隠微な対立は、ここに解消されたことになる。

そうなれば、将軍家直属の御庭番には、隠密御用の命令もなく、輪番で御天守台下の御庭御番所に詰めて、大奥御広敷《おひろしき》を警固するという、まるで暇人の隠居仕事のような、退屈きわまる庭番の仕事しかなくなってしまう。

倉地文左衛門が暇を持てあまし、魚釣りばかりをするようになったのはそのためだし、御庭番宰領鵜飼兵馬に支給されるはずの手当が、それからというもの、ぱったりと出なくなったのも、たとえどれほど腕の立つ宰領といえども、用なしになってしまったからに他ならない。

つい数日前に、倉地は兵馬にそう説明して、もっぱら鮎釣りに励んでいたのだが、

「ものごとは、そう簡単にはゆかぬものらしい」

とぼやきながら、先日の言葉を取り消した。

老中首座に就いた松平越中守定信は、さすがに有徳院吉宗公の孫だけあって、諜報ということを疎《おろそ》かにせず、さらに将軍補佐になってからは、まだ若年の将軍に代わって、みずから御庭番を使おうと考えているらしい。

「そのため、これからは閑職になるだろう、と思っていた御庭番も、いまでは以前より忙しいくらいだ」

倉地は迷惑そうに苦笑した。閑職から脱したからといって、ありがたいこととは思っていないようだった。

「そこで、わしに下命された最初の仕事が、ある男を斬れということであった」

これまでの倉地は、しばしば隠密御用を拝命し、死と隣り合わせるような危険な目にも遭ったが、そのたびに兵馬の剣に助けられてきた。

「そこを買われたのだ」

御庭番十七家の中でも、倉地は剣難に強い男、という評判を得ているらしい。

「あまり嬉しくない評判ですな」

兵馬は憮然とした顔で言った。

孤剣に頼るような生き方を、兵馬は好んでしてきたわけではない。

やむを得ず剣を抜いたのは、降りかかる火の粉を払ったまでのことで、好んで人を斬った覚えは一度もない。

倉地は兵馬の感慨などかまわずに続けた。

「その男、微塵流の遣い手だという。まともに立ち合って、勝てる相手ではないそうだ」

微塵流とは耳慣れない流儀だ、と兵馬は思った。

少なくとも、兵馬が知っている微塵流の遣い手は、奥州無宿の五助が蛇蝎《だかつ》のように恐れていたあの男、不忍池の濃い闇の中ですれ違ったとき、血の匂いをただよわせていたあの男しかいない。

しかも、奥州白河藩主の老中が、溺死人の来歴を知っているとしたら、倉地の言う微塵流の遣い手とは、あの死骸と因縁の深い白河藩の影同心、赤沼三樹三郎のことではないだろうか、と兵馬はすぐに思いあたった。

ならば、兵馬が大川上流で釣り上げた溺死体は、奥州無宿五助が言っていたもう一人の影同心、青垣清十郎ではないだろうか。

「そこで内密に、わしが指名されたというわけだ。剣難に強いという評判が立てば、ひどい迷惑を蒙ることになる」

老中の命令は、見付けしだいその場で斬り捨てよ、ということだが、むろん倉地文左衛門の腕では、赤沼三樹三郎を斬ることはできない。

それだけではなく、倉地は御庭番十七家の当主で、言うまでもなく幕府直参、得体の知れない浪人者との私闘が許されるような軽い身分ではない。

「おぬしなら、浪人同士の果たし合い、ということで、後からいくらでも言い訳は立つ」

だから斬れというのか。

「その話、どうも気に入りませんな」

兵馬は吐き捨てるように言った。

「気に入る、気に入らぬ、などと言っているばあいではない。事態は緊急を要する。下手《へた》をすれば、政権を揺るがすようなことにもなりかねないのだ」

倉地は苦りきった顔をしている。

「その男、何をしたというのです」

兵馬はそこのところを知りたいと思う。

しかし倉地は、苦い顔をしたまま、ゆっくりと首を横に振った。

「何をしたかは知るところではない。その男がまだ生きていて、江戸市中を徘徊しているることに、御老中は頭を悩ませておられるという」

斬れ、とは命じられていても、その男をなぜ斬らなければならないのか、倉地にも知らされてはいないらしい。

兵馬の脳裏には、この数日間に見聞したさまざまな事件が、まるで闇夜に輝く極彩色の走馬燈のように、血まみれの生々しい図柄となって、たがいに脈絡もつかないまま、くるくると廻りだした。

笹濁りの大川から上がった溺死人。

目明かし駒蔵が目撃した謎の女駕籠。

不忍池で出遭った血の匂いがする幽鬼のような男。

闇にただよう伽羅香の匂い。

死微笑を浮かべた美女。

五年前の大凶作で、潰れ百姓となった奥州無宿五助が語った、影同心と呼ばれた男たちの暗闘。

そして、お艶が木場の娘から聞き出した、男を滅ぼす魔性の女か、男女の愛欲を超越した聖女か、と言われてきた白河藩奥女中の悲恋。

一見してバラバラに見えるこれらの事件を、かろうじて結び付けているのが、駒蔵の拾った金襴の匂袋だけというのでは、何がどう絡み合っているのか、見当のつけようもない。

　兵馬が思うに、遺骸に刻まれていた鋭い斬り口から、溺死人を青垣清十郎と見てほぼまちがいはなく、斬ったのは赤沼三樹三郎と確定することができたとしても、それだけのことなら、白河藩の奥女中藤乃をめぐる恋敵《こいがたき》どうしの斬り合いでしかなく、天下の政権をゆるがす一大事に繋がろうとは思われない。

　それにしても、すでに五年前から、藩籍を削られているという赤沼三樹三郎は、天下の老中首座が、わざわざ将軍直属の御庭番を遣って、隠密裏に斬殺しなければならないほどの相手だろうか。

「ところで、御老中は溺死人の名を知っておられたのですか」

　兵馬は念のため聞いてみた。

「あの男、五年前に死んでいたはず、とぼそっと呟かれたから、たぶん知っておられたに違いない。しかしそのような些事《さじ》は、御老中たる身が、われら風情に言うことではない」

　倉地はめずらしく苛々しながら答えた。

こうしているあいだも、事態は差し迫ったものになっているのかもしれない。

「この一件は、五年前から始まっていたのですね」

いまから五年前に、何があったのだろうか、と兵馬はこれまで調べてきた幾つかの断片を整理してみた。

目明かし駒蔵の調べによると、五年前といえば、赤沼三樹三郎と青垣清十郎が、藩籍を削られ、死者の列に入れられた頃だろう。

そして、奥州無宿の五助が、潰れ百姓となって、江戸に流れてきた頃でもある。

お艶の話によれば、たしか白河藩の奥女中藤乃が、白河城下を騒がした恋の鞘当てに巻き込まれて、あやうく処分されそうになるところを、たまたま国元に帰っていた殿様の配慮で、江戸屋敷詰になったのも、やはりその頃のことではないだろうか。

そこまで考えて、兵馬は唖然とした。

何かが起こったとすれば、それは五年前のことで、いまになって新しく始まったことは何もない。

「いや、実はそうではなく、すべては五年前に、終わっていたはずのことだったのですね」

五年前に何があったのか、兵馬は軽く眼を瞑って、その頃の記憶をたどってみた。天明三年のあの頃といえば、信州の浅間山が噴火して、夜に入ってもなお、闇空の底を赤く染めていた。

濛々と立ち昇る噴煙に曇らされて、空は暗く、噴煙が巻く数日は、昼夜もわからない闇に鎖《とざ》されていた。

信濃一国はもちろんのこと、上野《こうずけ》、下野《しもつけ》、常陸、武蔵など、空っ風の吹き荒れる関東一帯には、風に乗って運ばれてきた火山灰が、あたかも真夏に雪が降ったかのように、地表を白く覆ったという。

浅間山の火口から噴出した真っ赤な熔岩は、煮えたぎり、泡立ちながら谷を這い、たちまち人家を焼き、村落を埋め、川を塞き止め、死者の数、およそ二万人余といわれる未曾有《みぞう》の大災害をもたらした。

上空は噴煙で覆われて、田圃や畑にも陽は射さず、春すぎて、夏なお寒く、秋を迎えても稲は育たず、青菜は黄色く萎《しぼ》み、大根や牛蒡《ごぼう》も根は細く、豆や蔓物《つるもの》も、実が入らないまま立ち枯れた。

後に天明の大飢饉と呼ばれた連年の凶作が、奥州、羽州の寒冷地を襲い、食い詰めた窮民たちが蜂起して、奥州津軽郡弘前領の青森湊や、鰺ヶ沢、深浦など、各地で打ち壊しが起こったのも、あの頃のことではなかったか。

その頃、何者かの密命を受けて働いていたに違いない、赤沼三樹三郎、青垣清十郎という二人の影同心は、それらの事件と、いったい何処で、どのようなかかわりを持っていたのだろうか。

二

「知っておられる限りのことを、話していただきたい」

しばらく黙考していた兵馬は、決断したかのように言った。

「さもなくば、たとえ御用の筋といえども、安易に動くことはできかねる」

兵馬にそう詰め寄られて、倉地はむしろ、ほっとしたらしい。

「もっともなる申し条。われらのあいだに隠し事は無用じゃ」

そもそもの発端は、と倉地は話し始めた。

いまから数日前のことになるが、老中首座を務める松平越中守の上屋敷に、みすぼ

らしいなりをした浪人者が押しかけて来て、

「復命すべきことあって、推参いたした」

あたりを憚らぬ声で叫んだ。

大川を氾濫させた豪雨が去った翌日で、その男は濁流の中から這い上がってきたかのような、乱れた髪をしていたという。

まず名乗られよ、と門番がその男に問い糾《ただ》したところ、

「越中守様は御存知のはず。わが名を出しては、かえって当家の御迷惑となろう」

不敵な言いぐさに、門番は不審な奴と警戒して、なおも男の素性を確かめようとしたが、

「ここで申すべきことは何もござらぬ」

そのまま頑として動こうとしない。

こ奴、ひょっとして気がふれているのではないか、と門番は急に恐ろしくなり、人を呼ぼうと、背後の屋敷内に眼をやると、異変を察した藩士たちが、あちらの侍長屋、こちらの武者溜まりから、押っ取り刀で駆けつけてくるのが見えた。

浪人者は恐れる気配もなく、集まってきた江戸詰藩士たちの顔を、うつろな眼で平

然と見廻していたが、

「ここには知った顔がござらぬな。それでは話にならぬ」

とうそぶいて、

「知った顔が見えるまでは、何度でも推参つかまつる」

不気味な捨てぜりふを残して、悠々と立ち去ったという。

「近頃は景気も底冷えし、どこもかしこも世知辛くなったせいか、食い詰めた浪人どもの中には、縁もゆかりもない大名屋敷に押しかけて、かく窮しては、武士の一分《いちぶん》が立ち申さぬ、腹を切りたいと存ずるゆえ、お庭先を拝借したい、と物騒なことを申し入れ、迷惑を恐れた大名家から、見舞金を脅し取る手合いがあるという。あの男、おそらくは強請《ゆす》りまがいの物乞いに違いない」

けしからぬ輩かな、そのような手合いは、刀にかけても撃退すべきではござらぬか、と威勢のよいことを言う者もいたが、

「わが殿は、幕府の要職にあられる。素性も知れぬ痩せ浪人を相手に、つまらぬ悶着など起こしては迷惑。些少の見舞金ですめば安いものじゃ」

「いまは、わが藩にとって大事なとき、あらぬ風聞を立てられては、殿も何かと遣り

にくかろう」

　老中首座となり、幕政の改革に取り組んでいる越中守の立場を配慮して、穏便に事をすまそうという者が多数を占めた。

「とりあえず、殿のお耳にお入れ申そう」

　留守居役が引き取って、屋敷内の書院で執務中の松平越中守に、見知らぬ浪人者が引き起こした門前のいざこざを告げた。

「その男、復命……、と申したか……」

　この忙しいときに、つまらぬことを申すな、と叱責されることを覚悟していた留守居役は、殿様の意外な沈黙に気押されてしまった。

三

「わしが御老中から呼び出しを受けたのは、その直後のことであった」

　そう言って、倉地文左衛門は溜め息をついた。

「久しぶりに再開された隠密御用の手始めに、わしは御老中から、その男の斬殺を命じられた。わしが戸惑ったのは言うまでもない。遠国の探索方を命じられることはあっても、まさか御府内で、誰それを斬れ、などという御用は、これまでにはないことであった」

しかも、政権の中心にある老中首座が、密殺せよ、とひそかに命じた相手は、みすぼらしいなりをした、一介の浪人者にすぎないという。

「その男の名は、何と申されるのか」

先ほどから気になっていたことを、兵馬はあらためて問い直した。

「赤沼三樹三郎、とはっきりした声で言われた」

「なんと」

兵馬は偶然の符合に驚いて、

「越中守様は、名も告げず推参した浪人者を、以前から知っておられたのですな」

まさか、と半信半疑のまま、確かめ直すように問い返した。

「どうやら、そういうことであるらしい」

倉地は曖昧《あいまい》に頷いて、

「どのような因縁があるのかは知らぬが、さすがの御老中も、赤沼三樹三郎の推参には、驚きを隠せなかったようであった」

　と訝しそうな顔をして付け加えた。

「あの男、五年前に死んでいたはず、まさか生きていようとは、と虚脱したような声で呟かれたが、すぐに厳しい顔をされて、隠密裏に斬り捨てよ、ぐずぐずしていては、天下の乱れを誘うことになる、と念を押されたのだ」

　ようやく事件の糸口が見えてきた兵馬は、なおも追及の手をゆるめなかった。

「先ほど倉地どのは、御老中は溺死人の来歴を御存知であった、と言われたが、あの死骸が大川へ沈むまでには、激しい斬り合いがあったことを、越中守様は知っておられたのでしょうか」

　たぶん知っていたはずだ、と兵馬は思う。

「赤沼三樹三郎が、江戸藩邸にあらわれたことで、御老中はもう一人の男が死んだことを確信したらしい」

　暇を持てあましていた倉地にも、ようやく御庭番らしい鋭利さがもどってきた。

「そうなれば、御老中は以前からあの二人を知っておられた、ということになりますな」

駒蔵の聞き込みと兵馬の推測は、さほど食い違ってはいなかったらしい。

「溺死体となって大川から上がったのは、たぶん青垣清十郎という男でしょう」

奥州無宿の五助が言ったことを、倉地の話とつなぎ合わせてみれば、そう断定してもよいような気がする。

「おぬし、そこまで調べが付いていたのか」

倉地は驚いたように兵馬の顔を見返したが、溺死人の名がわかったことで、これまでの推測にも確信を得たようだった。

「赤沼三樹三郎が、越中守様の藩邸前で、復命することがある、と叫んだのは、青垣清十郎を斬ったということであったのかもしれぬ。白河藩の江戸留守居役は、そのあたりの事情を知らなかったのだ」

「しかし、御老中は知っておられた。その後、ただちに倉地どのを呼ばれて、隠密御用を仰せつけられたところをみると、赤沼三樹三郎という男、よほどの秘事を握っていると見るべきでしょうな」

「そうかもしれぬ」

倉地は深く頷いたが、すぐに厳しい声で言い添えた。

「ひとたび隠密御用を仰せつかったからには、よけいな詮索は要《い》らぬこと。斬れと言われたからには斬らねばならぬ」

やれやれ、また固いことを、と思って兵馬はうんざりした。

藩の俸禄を得ていた頃と、市井に沈んで、その日暮らしを強いられているいまの兵馬では、考え方も違ってきているのかもしれなかった。

四

赤沼三樹三郎は死に場所を求めていた。

あのとき、藤乃どのと一緒に死ぬべきであった、といまになって後悔しても、ひとたび死にそびれてしまえば、ふたたび死ぬためには別の理由を必要とした。

死ぬ理由には事欠かない、と三樹三郎はこれまでの数奇な半生をふり返って苦笑した。

しかし、どのような死に方をしても、赤沼三樹三郎という男が、たしかにこの世に生きていたということを、証明することはできないような気がする。

この世に傷痕を残したい、と三樹三郎は思う。

わが身に刻まれた傷痕よりも、さらに強烈な痕跡を、この世に刻み込むような死に方をしたい。

五年にわたる青垣清十郎との暗闘に、ようやく決着を付けたものの、何かをなしとげたという満足感や達成感からはほど遠い。

砂を嚙むような虚しさと、言い知れない脱力感に襲われて、あのとき濁流に呑まれて死ねなかったことを、むしろ恨みたいような気分だった。

青垣清十郎と赤沼三樹三郎は、運命のいたずらによって、同じような日蔭者の境遇となり、ひそかに藩から課せられた陰の使命も同じだった。

二人は剣の腕もほぼ互角で、微塵流と天流という、すでに廃《すた》れてしまった古い武術を学んだところまで一致している。

剣の腕を認められた二人は、同じ頃に藩の重職から密命を受け、まともな藩士なら絶対にやらないような、汚い仕事にも手を下してきた。

そのため領民からは、影同心などと陰口を叩かれ、蛇蝎のように忌み嫌われたが、命じられた非情な仕置を、躊躇《ためら》ったことは一度もない。

そして同じ頃に、しかも同じ女人に心を奪われてしまい、恋は御法度とされる奥女中と、死を賭した不義密通を重ねてきた。

情の深すぎるその女人を、死ぬ他はないほど苦しめてきたのも、前世からの宿業としか言いようがない。

はじめは同じところから出た密命に従い、途中からは藩政の転換により、不倶戴天の敵となった。

宿敵の青垣清十郎を、激闘の末に討ち果たしたとき、まるで鏡面に映った自分を殺してしまったかのような虚脱感に襲われたが、それもこれも、いまとなってはもはやどうでもよいことだった。

微塵流の遣い手といわれた三樹三郎は、これまでにも何度か、天流を遣う清十郎と立ち合っている。

五年前に下された最後の密命が、まだ果たされてはいなかったからだった。

影同心として働いてきた三樹三郎は、青垣を斬れ、という密命に従って、苛酷な五年間をすごしてきた。

それは仇敵となった清十郎も同じことで、この五年間は砂を嚙むような日々をすごしていたに違いない。

たぶん清十郎には、赤沼を殺せ、という密命が下されていたのだろう。

白河藩の隠密同心として、密命によって陰働きをしてきた三樹三郎と清十郎は、五年前に起こった藩政の転換で、もはや用なしの身となった。

そうなれば、これまで陰働きをしてきたこの二人は、隠蔽すべき藩の秘密を知っている厄介者ということになる。

しかし、口封じのために斬ろうとしても、微塵流の赤沼三樹三郎、天流の青垣清十郎を、斬ることができるほどの遣い手は白河藩にはいない。

そこで両者を戦わせ、あわよくば相討ち、そうでなくとも、どちらか一方を斃《たお》すことができるだろう、と藩の重職はよからぬ知恵を働かせた。

密命を受けた三樹三郎は、清十郎を斬ろうと躍起になり、やはり密命を受けた清十郎は、三樹三郎を斬るために心胆を砕いた。

仇敵同士となった二人は、奥州白河から江戸にかけて、何度かの出会いと追跡を重ねて斬り結んだが、そのたびに邪魔が入ったり、人に騒がれたりして、容易に勝敗を決することはできなかった。

影同心となって、藩の密命で動くようになったとき、すでに藩籍を削られて、死者の列に加えられていたことを、迂闊《うかつ》にも三樹三郎は気づかなかった。

清十郎を追って江戸に出たとき、取り敢えず白河藩邸を訪ねてみたが、そのような者は知らぬ、聞いたこともない、とすげなく門前払いされ、三樹三郎はようやくおのれの置かれている立場に気がついた。

密命に従って藩政の陰働きに従事し、人の嫌がる汚れ役を引き受けてきた三樹三郎は、そもそものはじめから藩に捨てられていたのだ。

それは仇敵となった清十郎も同じことで、二人の影同心は、寄る辺《べ》ない身となりながらも、五年前に下されて、それを命じた藩の重職も、もはや忘れてしまっているかもしれない密命を果たすために、その後も愚直に斬り合いを続ける他はなかった。

十日ほど前に斬り合ったとき、清十郎の懐から、金襴の小袋が転げ落ちて、薄闇の中できらりと光った。

清十郎はそのことに気づかず、二尺三寸の剣を下段に構えて、じりじりと三樹三郎に詰め寄ったが、そのときも邪魔が入って、二人ともとっさに刀を引いて左右に別れた。

その後で、決闘の場に引き返してきた三樹三郎は、清十郎が落としていった金襴の袋を拾った。

白河藩の中屋敷に忍び込んで、奥勤めをしている藤乃と、つかの間の密会を遂げたとき、情人から貰った匂袋と、瓜二つの品と思われたからだ。

三樹三郎はそのとき藤乃から、銀糸で猛虎を刺繍した匂袋を手渡され、伽羅の香りがするところに、わたくしが居ると思ってください、と甘やかな声で囁かれた。

人目を忍ぶ二人にとって、伽羅の香りは密会の符牒であり、ともにすごした瞬時の歓びと結びついている。

それと同じ金襴の匂袋を、青垣清十郎も藤乃から受け取っていたのだと知って、三樹三郎は激しい嫉妬に襲われた。

清十郎が持っていた匂袋を詳細に調べてみても、金糸で龍の刺繍が施されている他は、三樹三郎が貰った匂袋と寸分の違いもなかった。

伽羅の香りは密会の符牒。

匂袋の中には、男女の歓びが縫い込まれている。

藤乃が思いを寄せている相手は、三樹三郎だけではなく、清十郎とも同じように密会を重ねていることの証しだった。

藤乃が匂袋を渡すとき、この中にはわたくしの思いが籠められています、と言ったことを思い出した。

わたくしの心をお知りになりたければ、この匂袋を裂いてみてください、と言ったとき、藤乃は闇に隠された可憐な花のような微笑を浮かべていた。

藤乃の心を知りたい。

三樹三郎は刀の鞘に仕込まれている小柄《こづか》を抜いて、龍の刺繡を施された匂袋を、縫い目に沿って丁寧に切り裂いてみた。

龍の刺繡がある匂袋は、清十郎に与えた藤乃の心。

藤乃はどのような思いで清十郎と密会を重ねていたのか。

それを知ったところで、どうなるものではないとわかっていても、嫉妬に駆られた三樹三郎は、清十郎に与えた匂袋を切り裂くことで、藤乃の思いがどのようなものかを確かめようとしたのだった。

切り裂かれた匂袋の中には、藤乃がいつも寝所で焚いていた伽羅の香木と、小さな紙片が縫い込まれていた。

三樹三郎はふるえる指先で、小さく折りたたまれた紙片を開いた。

『どうかわたくしを殺してください』

藤乃の生々しい肉声が聞こえるような気がした。

あの人は、清十郎と心中するつもりなのか、と三樹三郎は思った。

三樹三郎と清十郎のあいだに引き裂かれて、五年という歳月をひとり苦しんだ末に、死ぬより他はない、と思い定めたとは考えなかった。

まして藤乃が、一対の匂袋に生と死を賭け、最初に紙片の文を読んだ男に、みずからの運命を委ねよう、と思っていることなど、三樹三郎には知る由もなかった。

もしも三樹三郎が、虎の刺繡をされた匂袋を切り裂いてみれば、そこには、

『わたくしと一緒に生きてください』

と書かれた紙片が、縫い込まれているはずだった。

それが、三樹三郎に与えられた匂袋であり、藤乃と一緒に生きることが、三樹三郎の運命だったはずなのに、藤乃が生を選ぶべきこの匂袋が、激情にとらわれたこの男の手で開かれることはなかった。

嫉妬に駆られた三樹三郎は、そのまま白河藩の中屋敷に忍び込んで、龍を刺繡した

匂袋を、藤乃の手箱に投げ入れてきた。

三樹三郎としては、嫌がらせのつもりだったのだが、受け取った藤乃はそう思わなかった。

龍と虎が刺繡された匂袋のどちらに、生と死を分ける紙片が入っているのか、それを書いた藤乃にもわかってはいない。

龍虎一対となった匂袋は、日本橋の葵屋に特注して作らせたもので、紙片と香木は、葵屋吉兵衛と梅乃の立ち会いのもと、お針子たちの手で縫い込まれている。

手箱を開けた藤乃は、縫い目がほどかれている匂袋を見て、清十郎か三樹三郎のどちらかが、中に縫い込まれた紙片を読んだことを知ったのだった。

生か死か、三樹三郎か清十郎か、どちらかが選ばれるときが、いよいよ訪れたのだ、と藤乃は思い、波立つ思いを鎮めるため、切り裂かれた匂袋を丁寧に縫い直した。

三樹三郎と斬り合った後、悄然として宿所に帰った青垣清十郎は、藤乃から貰った匂袋を紛失していることに気づいた。

もし何処かで落としたとすれば、赤沼三樹三郎と斬り結んだ、あのときの他には考えられない。

清十郎は蒼白になった。

藤乃はあの匂袋を渡すとき、この中にはわたくしの思いが籠められています、それはわたくしの心です、と言って、闇に咲く花のように笑ったのだ。

藤乃の思いとは、他ならぬ清十郎への思いであろう。

清十郎は焦った。

藤乃の思いが籠められた匂袋を、恋敵の三樹三郎に奪われてしまったとしたら、それは取りも直さず、あの男に藤乃を奪われるということに他ならない。

先手を打たなければ、と思った清十郎は、白河藩の中屋敷に忍び込んで、螺鈿《らでん》を施された藤乃の手箱に、一通の書状を投げ入れた。

藤乃は手箱を開いてみて、人知れず忍び込んできた情人が、置き手紙を残していったことを知った。

『一刻も早くお逢いしたい。谷中の福正寺は、そこもとが懇意にしている寺と聞く。あの寺の離れで待っていて欲しい。わがこころはいま大風の如く君に向かへり。すべてを投げうっても悔いることはない』

短い書状には、宛名も差出人の名も書いてないが、藤乃に向けられた、愛の告白にまちがいはなかった。

熱に浮かされた藤乃には、それが三樹三郎の返書か、あるいは清十郎の手跡なのかということは、ほとんど問うところではなかった。

匂袋に、必死の思いを封じ籠めた藤乃にしてみれば、情人の返書は、生か、死か、のいずれかであり、二人の男に対する情の深さに優劣は付け難かった。

選ばれることの不安と恍惚は、藤乃には初めての経験であったが、命を懸けて逢いにきてくれるなら、いずれの男に選ばれたとしても不満はない。

情人の返書を読み返していると、女として生きることを選ばれたのだ、という実感が、藤乃の胸を熱くした。

藤乃は身のまわりの整理をすると、部屋子として仕えてくれた妹分の梅乃を呼んで、奥を取り仕切る老女に、宿下がりを願い出ることを勧めた。

男を滅ぼす魔性の女、というやっかみ半分の噂を立てられ、針の筵に座らされているような毎日をすごしてきた藤乃にとって、さっぱりとした気性の町娘、梅乃はほとんど唯一の、気を許すことのできる相手だった。

国元の奥州白河でも、江戸屋敷に出てからの奥勤めでも、藤乃はいつも悪意ある噂の渦中に置かれ、陰湿で底意地の悪い女たちの中に孤立していた。女だらけの江戸藩邸中屋敷は、まるで妖魔が住んでいる伏魔殿のようで、奥女中として仕える藤乃にとって、すこしも気の休まるところではなかった。

待ちわびていた情人の返書を得て、この御屋敷を出ると決めたからには、たとえどのようなことがあろうとも、帰ってくるつもりなど藤乃にはなかった。

しかし藤乃の駈け落ちが、白河藩邸に知られると、中屋敷に残された部屋子の梅乃に、逃亡を手引きしたのではないかと疑いがかかるだろう。

藩の御法度を犯した女への処罰は厳しく、それを手引きした者への裁きも、苛酷をきわめると聞いている。

たとえ罪を許されたとしても、その後も続く陰湿ないじめに耐えられず、自害して果てた女たちもいるという。

この娘にそんな思いはさせたくない。

藤乃は梅乃にすべてを話し、病気になった親の介護をするという理由で、その日のうちに深川の伊勢源へ宿下がりをさせた。

谷中の福正寺へ向かう道中は、朱漆で塗られた乗物を、金箔の金具で飾った女駕籠に乗った。

身寄りのない藤乃は、殿様に連れられて国元を出るとき、親から残された古い家を畳んで、先祖の位牌を江戸に移した。

谷中の福正寺を菩提寺と定め、江戸屋敷の奥女中らしい鷹揚さで、かなり高額の供養料を納めている。

菩提寺に籠もって先祖供養をしたい、と申し出ると、藤乃びいきの奥方は、それは感心なこと、とすぐに快諾して、大名夫人が乗る女駕籠を貸してくれた。

豪華な女駕籠に揺られながら、外の景色を眺めていた藤乃は、警固している侍たちの顔ぶれが、いつもと違っていることに気づいた。

しかも訝しいことに、銀座の中屋敷を出たときよりも、駕籠に付き従う侍たちの人数が増えている。

ひょっとして、わたくしを囮にして、あの人を罠に嵌めようとしているのではないだろうか、と藤乃はなぜか胸騒ぎがしてならなかった。

影同心と呼ばれていた赤沼三樹三郎と、これも同じような任務に就いていた青垣清十郎が、五年前に藩籍を削られ、死者として扱われているということを、藤乃もどこかで聞いたことがある。

すでに死者の列に入っているはずの、三樹三郎と清十郎が、真っ昼間から江戸市中を徘徊し、夜は闇に乗じて男子禁制の中屋敷に忍び込む、などという噂が立てば、老中首座として幕政に取り組んでいる殿様の足を引っ張ることになる。

藩政の陰働きをしてきた者は、その任を離れてからも、決して表に出てはならず、この禁忌に触れたときには、容赦なく抹殺されるだろう。

花嫁のように華やいでいた藤乃は、これまでと一転して、不安と疑惑に取り付かれ、奥方から借りた豪華な女駕籠も、いまは牛頭馬頭《ごずめず》に引かれて地獄へ向かう火車のように思われた。

どうにかしなければ、と焦りながら、縋るような思いで外のようすを覗っていた藤乃は、訝しそうな顔をして女駕籠を見送っている男に気付いた。

ずんぐりとした猪首に、猛禽のような鋭い眼をしたその男は、藤乃が乗っている女駕籠を怪しいと睨んだのか、どうやら見え隠れに後を付けてくるらしい。

見るからに獰猛そうなあの男は、町方役人の手先を務めるという、岡っ引きではないだろうか、と藤乃は思った。

もし助けを求めるとしたら、あの男しかいない、ととっさに考え、でもどうやって知らせたらよいのか、と迷っていた藤乃は、緊張のあまり汗ばんだ手に、しっかりと握り締めている匂袋に気付いた。

あの種の男たちには、猟犬のような鋭い嗅覚があって、ほんの僅かな手掛かりさえあれば、事件の本筋までたどり着くことができるのだという。

あの男に賭けてみよう、と藤乃は思って、汗で湿ったせいか、いつもよりも伽羅の香りが匂い立つ金襴の小袋を、駕籠の隙間から地面へ落とした。

この男が目明かしの駒蔵で、そのとき拾った金襴の匂袋を発端にして、一連の事件が浮かび上がってきたのだから、大名屋敷の奥勤めしか知らない藤乃の幼稚な臆測も、あながちに的をはずしていたわけではないだろう。

ところが皮肉なことに、藤乃が先祖供養と称して、谷中の福正寺に籠もった翌日から、関東一帯は三日続きの豪雨に襲われた。

多くの支流が流れ込む大川は、たちまち氾濫して大洪水となり、本所、深川、下町など、低湿地帯に密集していたほとんどの家屋は、濁流に押し流されて潰れるか、赤黒く濁った泥だらけの汚水に浸かった。

女駕籠を返した藤乃は、谷中福正寺の離れを借りて情人を待ったが、土砂降りの豪雨に降り籠められて、泥水が跳ね散る寺内には誰の訪れもなかった。

五

青垣清十郎は大川の上流にいた。

今戸の渡し場で猪牙《ちょき》舟を雇って、大川の北へ向かって漕ぎ出せば、小塚っ原のあたりで大きく湾曲して、西から東へと流れが変わる。

刑場のある小塚っ原から、柳原、掃部宿、梅田、本木、舟方、小台、と西へ向かって大川の流れを遡り、高野、沼田をすぎれば、そのあたりは鹿濱《しかはま》と呼ばれ、一面に枯れ葦原が広がっている河原に出る。

このあたりまで来ると、さすがに江戸の御府内から遠く離れ、人家もまばらになって、河原の枯れ葦原に人の姿を見ることはない。

微塵流の赤沼三樹三郎は、鹿の水飲み場として知られたこの鹿濱を、決闘の地として指定してきた。

藤乃と逢う前に、あの男との決着をつけなければならぬ、と清十郎は思っている。

赤沼三樹三郎を斬れ、という藩の密命を受けてから、すでに五年にわたる歳月がすぎていた。

これが、清十郎に下された、最後の密命となった。

赤沼の暗殺を命じた藩の重職は、新しい藩主に失政を責められ、人知れず割腹して果てたという。

死者から下された密命は、最後まで完遂されなければならないのか。

それとも、密命を下した者が、任を解かれて腹を切れば、その時点で、密命そのものが無効になったと見なすべきなのか。

密命を発した藩の重職が死んでしまえば、赤沼三樹三郎を斬れ、という密命が下されたことを知る者は、この世で青垣清十郎しかいなくなる。

藩の重職が切腹したのは、藩政のまちがいを認めたことになり、そうなれば、生前に下された密命も、誤りであったと言うべきであろう。

まちがった指令を、そのまま遂行するのは、死者が犯した過誤を、さらに増幅することにはならないか。

しかし、青垣清十郎はそう考えなかった。

清十郎に密命を下した藩の重職は、詰め腹を切らされて死んだが、そのとき、藩の密命を取り消す権限を持つ者も、この世からいなくなってしまったことになる。

重職の入れ替えによって藩政が転換すると、赤沼三樹三郎誅殺の密命が、藩の名において下されたことを知る者はなく、清十郎が受けた密命が取り消されることもなかった。

このときから青垣清十郎は、孤独な暗殺者として生きる他はなかったのだ。

この五年間というもの、清十郎は赤沼三樹三郎を追って、奥州街道を幾度となく往来している。

三樹三郎と遭遇することがあっても、剣の腕がほとんど互角のうえに、人目の多い街道筋では、さまざまな邪魔が入って、決着をつけるまでには至らなかった。

それにしてもおかしい、と清十郎はその頃から、三樹三郎の奇妙な動きに気がついていた。

清十郎が三樹三郎を追っているように、追われているはずの三樹三郎は、ひょっとしたら清十郎を追っているのではないだろうか。

一方が追い、一方が追われる立場なら、その動きはむしろ単純で、相手の消息さえつかむことができれば、どこかに網を張って、追い詰めることも難しくはない。

しかし、双方が追う立場になれば、その動きは二重三重に錯綜して、たとえ相手の消息がつかめたところで、いずれの動きも、かえってややこしくなり、むしろ偶然の遭遇を待つより他に、手の打ちようはなくなってしまう。

三樹三郎が遣う微塵流は、甲冑を着て戦った戦国期の遺風を残し、鋭い動きよりも膂力《りよりよく》に頼った荒い刀法と言われている。

清十郎の遣う天流は、斎藤伝鬼坊が唱えた『一刀三礼の太刀』を伝え、渾身の一撃を信条とする。

それゆえ、微塵流の三樹三郎と、天流の清十郎が斬り合えば、どちらも無傷でいることなどあり得ない。

刀傷の治療が手間取れば、追いつ追われつという長途の旅も難しくなる。

傷口が治癒するのを待って、当分は追跡を中止せざるを得ない。

旅の宿に着くと、清十郎は三樹三郎に斬られた刀傷を調べてみる。

赤沼三樹三郎と剣を交えたときは、ほんのかすり傷、と思っていた刀傷が、意外に深手を負っていることに慄然とした。

赤沼三樹三郎、恐るべし。

微塵流、まさに恐るべし。

ふたたび三樹三郎と遭遇するときに備えて、清十郎は刀傷の治療に専念した。

たまたま同じ湯治場で、三樹三郎と鉢合わせをしたこともある。

まさに危機一髪の場面だが、二人とも剣の作法を心得ているので、互いの刀傷が完治する日まで、軽々しく斬り合うようなことはなかった。

藩の密命を受けてから、早くも五年という歳月が過ぎてしまったのはそのためだが、清十郎と情を交わした奥女中の藤乃が、国元を離れて江戸屋敷に勤めたことも、なかなか密命をなし遂げられなかった原因となるだろう。

赤沼三樹三郎も江戸に出ていた。

影同心と呼ばれた三樹三郎は、いつのまにか身につけた忍びの術で、男子禁制の江戸藩邸中屋敷に潜入し、奥女中の藤乃と密会を重ねているらしい。

藤乃がまだ国元にいた頃から、三樹三郎は藤乃に情を寄せていたと聞いているが、そこまで親密な仲とは清十郎も気付かなかった。

忍びの術なら、清十郎も仕事柄から知らないわけではない。

藤乃への熱い思いは、誰にも負けないという自信もある。

あるとき清十郎は、夜陰にまぎれて白河藩中屋敷に忍び込み、かすかに匂ってくる伽羅の香りを頼りに、燈火もない暗闇の中で藤乃と逢うことができた。

国元で忍び逢っていた頃から、伽羅の香りは藤乃の符牒だった。

「わたくしは此処におります」

藤乃はいつも伽羅の香りに託して、清十郎への思いを伝えてきたのだ。

江戸に出てからも、藤乃はあの頃のように香を焚いて、情人の訪れを待っていたのに違いない。

「長い別れであった」

と清十郎は胸をつまらせたが、すぐに人の気配がして、久しぶりの逢瀬はたちまち中断されてしまった。

濃い闇の中に微かな気配だけを残して、あたかも吹きすぎる風のように、清十郎は藤乃から離れていった。

出逢いのときもそうであったが、ほんの一瞬だけ訪れた逢瀬は、まるで闇の中で微かに炎をゆらす風のような感触しか残らない。

「お二人が、争わないようにすることは、できないのでしょうか」

あるとき藤乃は、悲しそうな声で言ったことがある。

三樹三郎のことだ、と清十郎にはすぐわかった。

藤乃が夜ごとに伽羅香を焚いているのは、この清十郎に逢うためではなく、三樹三郎を誘い入れるためだったのか。

「このままでは苦しい。わたしか、三樹三郎か、どちらかを選んでくれ」

数日を悶々として悩んだ末に、つい思い余って藤乃に迫ったとき、

「選ぶことなんて、できないわ」

藤乃は寂しそうな笑みを浮かべて言った。

「あなたは一瞬の風。あの人は一瞬の炎」

そして唄うように、

「風は炎を煽る。炎は風を呼ぶ」

だから、と藤乃は秘め事を囁くように言った。

「わたくしは息をすることができるのです」

しかし、と言おうとする清十郎の口を、柔らかな手でそっと押さえて、

「風が吹かなければ、灰は舞わない。炎が燃えなければ、風は動かない」

わたくしが生きているのは、あなたたちがいるからなのですよ、と言って、藤乃はいとおしそうに眼を輝かせた。


「待っていたぞ」

風に騒ぐ枯れ葦を掻き分けて、股立《ももだ》ちを取った赤沼三樹三郎が姿をあらわした。

「五年前に斬るべきであったが……」

三樹三郎は低い声で言った。

「藤乃どのに懇願されて、おぬしを斬るのを延ばしてきた」

砂塵を飛ばす突風が吹き荒れ、三樹三郎の声はよく聞き取れなかった。

「今日こそは決着をつけねばなるまい」

これまでかろうじて保ってきた何かを、いきなり投げ捨てたような口調だった。

五年間という浪人暮らしが、三樹三郎を心身ともに痛めつけているのかもしれなか

った。

「わたしもおぬしを追うことに疲れた」

清十郎は手早く襷《たすき》を掛け、股立ちを取って、決闘の身支度をしながら言った。

「どちらかがこの世から消えねばならぬのだ」

いや、五年間の浪人暮らしが苦しかったのではない、と清十郎は思った。

剣の腕を認められたのだと錯覚し、藩命に従って、人の嫌がる陰働きをしていた頃から、わたしは大切な何かを、摩り減らしてしまっていたのだ。

空は暗かった。

雲の動きがはやい。

枯れ葦をなぎ倒すような突風が、鹿濱の河原に襲いかかる。

「嵐の予兆か。……それもよかろう」

三樹三郎の声は、吹きすさぶ烈風にかき消されて、清十郎には届かない。

「始めよう」

二人はほとんど同時に声をかけ合うと、腰を捻るようにして刀身を抜いた。

「これで終わりだ。いや、終わりにするのだ」

たちまち土砂降りの雨が襲いかかって、河原を埋めている枯れ葦原は、薄墨を流したような闇に沈んだ。

六

兵馬が駆けつけたとき、藩邸ではすでに数人の犠牲者が出ていた。

「遅いではないか」

門前で待っていた倉地文左衛門が、いつになく緊張した顔をして兵馬を迎えた。

「赤沼三樹三郎は手負いの獅子だ。死に場所を求めて血刀をふるっている。こうなれば、斬ってやるのが慈悲というものだが、あの微塵流に太刀打ちできる者がいない」

白無垢を着た三樹三郎が、松平越中守の江戸屋敷に推参したのは、ほんの半刻ほど前のことだという。

三樹三郎は、丁寧に櫛を入れて結んだ頭髪に、白無垢の裾を払って門前に端座した。

「復命すべきことあって、推参いたした」

すると門番の扱いは前と違って、長屋門の脇にある潜り戸がすっと開き、無言のまま手招きして、三樹三郎を邸内に入れた。

藩邸の門前で悶着を起こされるのを恐れたのだ。

「当家への狼藉、許し難い。ここで腹を切りたければ勝手にいたせ」

邸内の片隅には罪人用の粗筵《あらむしろ》が敷かれている。

「これは笑止。復命と申すは、先に藩命があったればこそ。罪科を問われる覚えは毛頭もござらぬ」

門番に代わって、江戸留守居役が叱責した。

「不埒《ふらち》なり。その方が如き者は、わが藩に在籍しない。しかるに、藩命とは何か」

三樹三郎は冷笑した。

「話にならぬ。事情を知っておられる方に、代わっていただこう」

死に場所を求めていた三樹三郎は、わざと事を起こすために、留守居役を挑発した。

「藩邸ではあの男の密殺が命じられていた。老中首座となって幕政に取り組んでおられる越中守様は、藩内の悶着を嫌われる。わしに赤沼三樹三郎の暗殺を命じられたのはそのためだが、おぬしは気がすすまぬと言って動かなかった。おかげでわしは、御老中のお怒りに触れ、こんどこそ斬り捨てよ、とのきついお達しを受けたのだ」

倉地は困り果てた顔をしたが、思ったほど意気消沈してはいなかった。

「そこで拙者を呼ばれたわけですな」

剣難に強い、という評判を得て、老中首座から隠密御用を申しつかった倉地だが、いよいよ斬り捨てる段になって、兵馬が出てきたのでは、御庭番としての面目は丸つぶれになる。

「それでよいのでござるか」

と念を押したが、倉地は意外にも平気な顔をして、

「わしの面目などはどうでもよい。ぐずぐずしていては、またひとつ、人の命が奪われよう。手負いの三樹三郎は、死なば諸共と、さらに罪業を重ねることになる。はやく斬ってやるのが慈悲だ」

兵馬の尻を押すようにして、弓隊、槍隊、抜刀隊がひしめき、あたかも戦場のように騒然としている白河藩邸に招き入れた。

薄汚れた浪人姿の兵馬が、格式高い藩邸内に駆け入っても、咎める者がいないところをみれば、幕臣の倉地文左衛門を通して、すでに話はつけられているらしい。

「鉄砲はまずい、弓で射よ、ということで、弓隊に命じて、遠巻きに討ち取ろうとしたのだが、それがかえってまずかった」

群がる藩士たちを、掻き分け掻き分け、邸内を音もなく走りながら、倉地は手短にこれまでの経過を話した。

「戦場の武術と言われる微塵流には、矢切りの術という秘技があるらしい。ばらばらと射かけられた矢は、ことごとく斬り落とされ、地を蹴って反撃に出た三樹三郎に、射手は弓弦ごと斬られてその場で絶命した」

それでも、斬り損ねた数本の矢は、三樹三郎の身体を傷つけたらしい。

三樹三郎は刺さった矢を抜き取ると、抜き身の血刀を構えながら奥に向かって、邸内の物置小屋に逃げ込んだ。

「その途中でまた三人斬った。物置小屋に逃げ込んでからも、捕縛に向かった二人を斬っている。先に斬られた弓隊の五人を加えれば、すでに十人があの男に斬られている」

兵馬は倉地に案内されて、三樹三郎が立て籠もった物置小屋の前に立った。

「ものものしい構えでござるな」

兵馬は不快そうに眉をひそめた。

「老中首座の家中には、人がおらぬのですかな」

三樹三郎が籠もった小屋を取り巻くようにして、白鉢巻に鎖帷子《くさりかたびら》を着込んだ数十人の藩士たちが、へっぴり腰で抜き身の槍を構えている。

微塵流の凄まじい太刀さばきを見ているので、小屋の中に踏み込もうにも、腰が定まらないらしい。

「これ、聞こえるではないか」

と倉地は藩士たちの耳を気にしたが、兵馬は意に介さず、

「死に場所を捜しているはずの男が、このようなところに立て籠もったのは、最後に何か言いたいことがあるのかもしれません」

兵馬のすぐ隣では、小屋のようすを覗っていた初老の武士が、下役らしい武士を呼びつけて、

「殿は内密に処理せよ、と言われるが、これ以上の手負いを出すわけにはゆかぬ。小屋の中に鉄砲を撃ち込むのもやむを得まい」

飛び道具で強襲しようとする指示をしていた。

兵馬はこれを聞き咎めて、

「待っていただきたい。同じ死ぬにしても、闇撃ちの鉄砲で殺されては、武士の一分が立ちますまい」

思わず初老の武士に向かって声をかけた。

「無礼者め。御留守居役に対して、ぶしつけなことを申すな」

留守居役の傍らにひかえていた若い武士が、浪人姿の兵馬を見咎めて声を荒げた。

「まあよい。話を聞こう」

御留守居役と呼ばれた初老の武士は、兵馬の傍らに倉地がいるのを確かめると、この男か、というように目くばせをした。

「あの男と話し合う余地はないのでござろうか」

兵馬の問いかけに、留守居役は声を落として言った。

「無理じゃな。あの男、すでに十人の藩士を斬っているのだ」

このままゆけば、さらに多くの者たちが斬られるだろう。

「これ以上は殺さぬよう、説得する者はござらぬのか」

留守居役は首をふった。

「それも無理じゃ。あの男の剣を恐れて、誰も近づく者はおらぬ」

兵馬はすかさず畳みかけた。

「拙者がその役を引き受けてもよろしいか」

安堵した表情を隠さず、留守居役は兵馬に即答を与えた。

「よかろう」

兵馬の剣の腕については、すでに倉地から聞いているらしい。

「それではお願いがござる」

兵馬は一呼吸おいてから言った。

「何かな」

こうなれば留守居役は、どのような要求でも通してくれそうだった。

「このように大袈裟な備えをされては、かえってあの男を苛立たせるだけでござる。警固の人数をこの半分に減らし、人々をあと二十間ほど遠ざけて、拙者とあの男、いや、赤沼三樹三郎が、心置きなく立ち合うことができるよう、取りはからっていただきたい」

藩のために利用され、翻弄されてきた三樹三郎に、武士らしい最期を用意してやろう、と兵馬は思っている。

名もなく死ぬよりは、赤沼三樹三郎として死なせてやりたい、と思ったが、三樹三郎の名を聞いても、留守居役には何の反応もなかった。

江戸藩邸では、ほんとうに三樹三郎のことなど知らないのだ、と兵馬は思って、多くの無名者の犠牲のうえに成り立っている、藩の仕組みに対する腹立たしさを、抑えることができなかった。

「よいかな。これから尋常の立ち合いをいたす。われらの背後から、鉄砲や矢を射かけてはなりませぬぞ」

留守居役の命令で、藩士たちが小屋の前から退くのを確かめると、兵馬はそう念を押してから、三樹三郎が立て籠もっている物置小屋に近づいていった。

「おぬしか」

小屋の中から幽鬼のような声が聞こえてきた。

「あのときは避けて通ったが、やはりおぬしと斬り合うことになるのか」

不忍池の端で遭遇したときのことを言っているらしい。

「おぬしのことは調べさせてもらった」

三樹三郎はせせら笑った。

「物好きなことだな」

もはや話すことはない、というようにそっぽを向いた。

「藤乃どの、という美しい女人のこともあるのでな」

不意を突かれて、三樹三郎は兵馬の方へ向き直った。

「何故そのことを知っている」

奇妙な男だ、と兵馬に興味を持ったらしい。

「わたしは見かけよりもお節介な男らしい。おぬしたちのような、……生き方をしている者がいれば、どうしても気になってな」

どのような生き方なのかは言わなかった。

愚直なと言っても、美しいと言っても、純なと言っても、悲しいと言っても、すこしずつずれてくるような気がする。

「見れば矢疵《きず》を負っているような。このままでは助かるまい」

いたわるように兵馬は言った。

「死のうと思って乗り込んできたのだ。藩に使い捨てられた愚かな男が、江戸藩邸をおのれの墓場に選んだものと思ってもらおう」

この男、やはり死に場所を捜していたのだ、と兵馬は思った。

「しかし、小屋の外から鉄砲を撃ちかけるという相談をしていたぞ」

兵馬に藩邸の考えを知らされると、三樹三郎は激昂を抑えて、

「そうなれば、こちらから斬って出るまでだ。死体の山を築くとはいかないまでも、あと数人は斬り殺してくれよう」

兵馬は悲しげに首をふった。

「そのようなことに意味はあるまい」

三樹三郎の眼が不気味に光った。

「この世から捨てられた男が、この世に生きていたことを知らしめてやるのだ」

兵馬は悲しげな眼をして言った。

「藤乃どのは、おぬしがそのようにして死ぬことを望んではおるまい」

三樹三郎は意地になっているらしかった。絶叫するように言った。

「剣に生きてきた男にできるのは、おのれが鍛えてきたこの剣で、どれだけの人数を殺すことができるかを、世間の連中に見せつけてやることだけだ」

やれやれ、というふうに、兵馬はゆっくりと首をふった。

「秘すれば花、ということもある。おのれの才を世に顕《あらわ》そうと焦れば、その姿はかえって醜悪になる。花の美しさは、秘するほどに匂い立つのだ。藤乃どのはそのように生きてきた女人とは思わぬか」

七

兵馬が松平越中守の藩邸を出ると、屋敷前の掘割に架けられた橋のたもとで、目明かしの駒蔵と奥州無宿の五助が、心配そうな顔をして待っていた。

「ずいぶんと長えあいだ中にいなすったが、どこも怪我はなかったんですかい」

駒蔵はめずらしく殊勝な顔をして兵馬の身を案じた。

「姐さんはえらく心配して、その先の茶屋で待っていなさるぜ。はやく行って無事な姿を見せてやるんだな」

奥州無宿の五助は、相変わらず先輩面をして兵馬の世話を焼いている。

「で、どうだったんでえ。先生は赤沼三樹三郎と立ち合ったのかい」

とりあえず駒蔵の興味は、兵馬の安否よりも、三樹三郎との対決の方に移ったらしい。

「恐ろしい相手ではあったが、どうにか勝つことはできた」

尋常な勝負をしてみないか、と持ちかけると、三樹三郎はすぐに承知して、最後に死に花を咲かせてくれるのか、と言って喜んだ。

こういう相手と闘うのは気が重い、と思いながら、なぜこの男と命の遣り取りをしなければならないのか、と煩悶せざるを得なかった。

兵馬が遣ったのは『有情剣』だ。

相手を苦しめることなく、一瞬にしてあらゆる苦患を断つ。

勝負は一瞬で決まったが、見ている者が息を呑むような派手な立ち合いではない。

三樹三郎は斬られたかったのだ、という気がいまでもする。

斬られたいと思っている者が、斬りたくないと苦しむ者との端境《はざかい》に、歓喜の表情を浮かべながら踏み込んでゆく。

死を賭した求道《ぐどう》と言ってもよいだろう。

それが『有情剣』の極意だとしたら、禅の悟りにも近いものなのかもしれない。

だから兵馬は、駒蔵にいくら催促されても、三樹三郎との勝負を詳細に語ろうという気にはなれなかった。

「ようするに、先生の走り懸かりの一撃で、赤沼三樹三郎は真っぷたつになった、てんですかね」

兵馬があまり話したがらないので、駒蔵は勝手に妄想を逞《たくま》しくして、架空の決闘場面をつくりあげて悦に入っている。

駒蔵の脳裏には、微塵流の赤沼三樹三郎と、無外流の鵜飼兵馬が、たがいに秘術を尽くして闘っている図柄が見えるらしいが、なんせこの男は語彙《ごい》が乏しいので、言葉に出してしまえば、どうということのない、ありきたりな言い方になってしまう。

奥州無宿の五助は、駒蔵の貧しい言葉をそのまま受け止めて、

「人にさんざん心配させておいて、つまらねえことをしていたもんだ」

にべもない言い方をして駒蔵の憤激を買った。

「無宿人に何がわかる。おめえは黙って土でもほじっていればいいればいいのさ」

いまいましそうに言ったが、こんな奴を相手に腹を立てても損だ、と思ったのか、駒蔵にしてはめずらしく、暴力沙汰の喧嘩にはならなかった。

「とにかく一件落着だ。あの奥女中を殺した犯人が、先生の手で斬られたとなりゃあ、立派に仇討ちを果したってえもんだ。今夜はお艶の奢《おご》りで、祝い酒でも飲まなきゃなるめえ」

上機嫌になった駒蔵が、人のふところを当てにすると、奥州無宿の五助は、とんでもねえ、と手を横にふった。

「どうもおめえを見ていると、人の奢りで飲み食いすることばかりを考えているようだが、そいつはよくねえ了簡だぜ」

「なんだと。無宿人なんかに言われたくはねえよ。てめえたちこそ、人のふところを当てにして食いつないでいる、さもしい奴らじゃあねえのかい」

駒蔵の毒舌にもめげず、五助は苛々するほど真面目な顔をして、

「おめえは知るめえが、姐さんとこの米櫃はほんとうに空っぽで、しばらくは耐乏生活だよ、と言いなすって、米のとぎ汁を煮て、お粥の代わりにしていなさる。おめえのような意地汚え者に飲ませる酒などねえんだ」

ここまで言われては、いつもの駒蔵なら、ぽかりと一発あるところだが、

「まったく虫の好かねえ野郎だぜ。米のとぎ汁を啜っているわりには、近頃はおめえ

の血色もだいぶよくなったな。どこかで盗み食いでもしているんじゃねえだろうな」

五助の愚直さをからかう余裕が残っているのは、女駕籠から落とされた匂袋の一件から始まった一連の事件が、とにかく解決したと思っているからだろう。

「おかげさまで、入江町の姐さんの身内だと言えば、女郎衆からおこぼれを貰うこともあるんでね。ほんとにありがてえこんだ」

これまで橋の下をねぐらにしていた奥州無宿の五助は、始末屋お艶の余慶を受けて、けっこう満足に暮らしているらしい。

「まあ、今回の事件では、駒蔵の手柄が一番かな」

兵馬は駒蔵に功をゆずるかのように言った。

駒蔵の徹底した調べがなければ、すべては雲をつかむようであったに違いない。

「あっしの調べが行き詰まったところを、お艶の働きでなんとか繋がりがわかってきたんだ。今度ばかりは、お艶姐さんがいなきゃ、どうにもならなかったかもしれねえぜ」

駒蔵はめずらしくお艶に功をゆずるような言い方をしている。

この男、いったいどうなってしまったのか、病気ではないかと、兵馬はだんだん心配になってきた。

毒気を失ってしまった駒蔵は、兵馬の知っている駒蔵ではない。

いつもと調子が違ってしまった駒蔵は、節くれ立った無骨な手の中に、何かをしっかりと握りしめている。

まるで宝物のように扱っているせいか、駒蔵の指の隙間から、きらきらと宝石のように輝いて見える。

何だろうか、と兵馬がさりげなく覗いてみると、駒蔵が握りしめているのは、奥女中の藤乃が葵屋吉兵衛の店に特注した金襴の匂袋だった。

やはり駒蔵って男は変な奴だな、あんなものを手に入れて、そんなに嬉しいのか、と兵馬はあきれて物が言えなかった。

まあいいか、蓼《たで》食う虫も好きずきという、駒蔵がこういう変な嗜好を持っていたとしても、葵屋吉兵衛の女漁りよりも罪はないか。

兵馬が口元からこぼれ出しそうになる苦笑を嚙み殺していると、

「そら、噂をすれば影とやら。あちらの方から姐さんが迎えにきなすったぜ」

五助が指さす方を見れば、新右衛門町の横町から、大島紬の小袖に黒繻子の帯を締め、仇な姿をしたお艶が出てくるところだった。

すでに夕暮れが迫って、西の空に沈む陽が掘割の水を紅く染めている。

掘割に架けられた橋が、墨絵のような黒い影を水面に映している。

あの橋を渡って、とお艶は言ったことがある。

男の中に流れる川と、女の中に流れる川を、ともに越えることはできないものかしら。

お艶がそう呟いたのは、屋敷奉公に出ていた木場の娘が語った、奥女中藤乃の悲恋物語を、兵馬に伝えたときのことだったような気がする。

いや、そうではない、もっと前のことかもしれない、と兵馬は思う。

お艶はこれと同じことを、兵馬にくり返し囁きかけていたのだ。

「おいらの姐さんが、あんなに嬉しそうな顔をしているのは、これまでに見たことがねえぜ」

五助がお艶に向かって精いっぱい手をふると、

「だから言ったろう。今夜はお艶の奢りで祝い酒だ」

けちけちせず盛大にやろうぜ、と駒蔵はまだ能天気なことを言っている。

時代小説

二見時代小説文庫

秘花伝《ひかでん》　御庭番宰領《おにわばんさいりょう》4

著者　大久保智弘《おおくぼともひろ》

発行所　株式会社　二見書房
東京都千代田区三崎町二−一八−一一
電話　〇三−三五一五−二三一一［営業］
　　　〇三−三五一五−二三一三［編集］
振替　〇〇一七〇−四−二六三九

印刷　株式会社　堀内印刷所
製本　ナショナル製本協同組合

落丁・乱丁本はお取り替えいたします。
定価は、カバーに表示してあります。

ISBN978−4−576−09060−3
http://www.futami.co.jp/

二見時代小説文庫

水妖伝 御庭番宰領
大久保智弘［著］

信州弓月藩の元剣術指南役で無外流の達人鵜飼兵馬を狙う妖剣！ 連続する斬殺体と陰謀の真相は？ 時代小説大賞の本格派作家、渾身の書き下ろし

孤剣、闇を翔ける 御庭番宰領
大久保智弘［著］

時代小説大賞作家による好評「御庭番宰領」シリーズ、その波瀾万丈の先駆作品。無外流の達人鵜飼兵馬は公儀御庭番の宰領として信州への遠国御用に旅立つ。

吉原宵心中 御庭番宰領3
大久保智弘［著］

無外流の達人鵜飼兵馬は吉原田圃で十六歳の振袖新造・薄紅を助けた。異様な事件の発端となるとも知らずに……ますます快調の御庭番宰領シリーズ第3弾

秘花伝 御庭番宰領4
大久保智弘［著］

身許不明の武士の惨殺体と微笑した美女の死体。二つの事件が無外流の達人鵜飼兵馬を危地に誘う…。時代小説大賞作家が圧倒的な迫力で権力の悪を描き切った傑作！

仕官の酒 とっくり官兵衛酔夢剣
井川香四郎［著］

酒には弱いが悪には滅法強い！ 藩が取り潰され浪人となった官兵衛は、仕官の口を探そうと亡妻の忘れ形見・信之助と江戸に来たが…。新シリーズ

ちぎれ雲 とっくり官兵衛酔夢剣2
井川香四郎［著］

江戸にて亡妻の忘れ形見の信之助と、仕官の口を探し歩く徳山官兵衛。そんな折、吉良上野介の家臣と名乗る武士が、官兵衛に声をかけてきたが……。

斬らぬ武士道 とっくり官兵衛酔夢剣3
井川香四郎［著］

仕官を願う素浪人に旨い話が舞い込んだ—奥州岩鞍藩に、藩主の毒味役として仮仕官した伊予浪人の徳山官兵衛。だが、初めて臨んだ夕餉には毒が盛られていた。

暗闇坂 五城組裏三家秘帖
武田櫂太郎［著］
雪の朝、災厄は二人の死者によってもたらされた。伊達家六十二万石の根幹を蝕む黒い顎が今、口を開きはじめた。若き剣士・望月彦四郎が奔る！

月下の剣客 五城組裏三家秘帖2
武田櫂太郎［著］
〈生類憐みの令〉の下、犬が斬殺された。現場に残された崑崙山の根付――それは、仙台藩探索方五城組の印だった。伊達家仙台藩に芽生える新たな危機！

木《こ》の葉《は》侍 口入れ屋 人道楽《ひとどうらく》帖
花家圭太郎［著］
腕自慢だが一文なしの行き倒れ武士が、口入れ屋に拾われた。江戸で生きるにゃ金がいる。慣れぬ仕事に精を出すが……。名手が贈る感涙の新シリーズ！

快刀乱麻 天下御免の信十郎1
幡大介［著］
二代将軍秀忠の世、秀吉の遺児にして加藤清正の猶子、波芝信十郎の必殺剣が擾乱の策謀を断つ！雄大な構想、痛快無比！火の国から凄い男が江戸にやってきた！

獅子奮迅 天下御免の信十郎2
幡大介［著］
将軍秀忠の「御免状」を懐に秀吉の遺児・信十郎は、越前宰相忠直が布陣する関ヶ原に向かった。雄大で痛快な展開に早くも話題沸騰 大型新人の第2弾！

刀光剣影 天下御免の信十郎3
幡大介［著］
玄界灘、御座船上の激闘。山形五十七万石崩壊を企む伊達忍軍との壮絶な戦い。名門出の素浪人剣士・波芝信十郎が天下大乱の策謀を阻む痛快無比の第3弾！

誇《ほこり》 毘沙《びしゃ》侍 降魔《ごうま》剣1
牧秀彦［著］
奉行所も火盗改も裁けぬ悪に泣く人々の願いを受け竜崎沙王ひきいる浪人集団〝兜跋《とばつ》組〟の男たちが邪滅の豪剣を振るう！荒々しい男のロマン瞠目の新シリーズ！

夏椿咲く つなぎの時蔵覚書
松乃 藍［著］
父は娘をいたわり、娘は父を思いやる。秋津藩の藩金不正疑惑の裏に隠された意外な真相！ 鬼才半村良に師事した女流が時代小説を書き下ろし

桜吹雪く剣 つなぎの時蔵覚書2
松乃 藍［著］
藩内の内紛に巻き込まれ、故郷を捨て名を改め、江戸にて貸本屋を商う時蔵。春…桜咲き誇る中、届けられた一通の文が、二十一年前の悪夢をよみがえらせる…

日本橋物語 蜻蛉屋お瑛
森 真沙子［著］
この世には愛情だけではどうにもならぬ事がある。土一升金一升の日本橋で店を張る美人女将が遭遇する六つの謎と事件の行方……心にしみる本格時代小説

迷い蛍 日本橋物語2
森 真沙子［著］
御政道批判の罪で捕縛された幼馴染みを救うべく蜻蛉屋の美人女将お瑛の奔走が始まった。美しい江戸の四季を背景に人の情と絆を細やかな筆致で描く第2弾

まどい花 日本橋物語3
森 真沙子［著］
〝わかっていても別れられない〟女と男のどうしようもない関係が事件を起こす。美人女将お瑛を捲き込む新たな難題と謎…。豊かな叙情と推理で描く第3弾

秘め事 日本橋物語4
森 真沙子［著］
人の最期を看取る。それを生業とする老女瀧川の告白を聞き、蜻蛉屋女将お瑛の悪夢の日々が始まった…なぜ瀧川は掟を破り、触れてはならぬ秘密を話したのか？

遊里ノ戦《いくさ》 新宿武士道1
吉田 雄亮［著］
宿駅・内藤新宿の治安を守るべく微禄に甘んじていた伊賀百人組の手練たちが「仕切衆」となって悪を討つ！ 宿場を「城」に見立てる七人のサムライたち！